Markus Seidel

Freischwimmer

Roman

Besuchen Sie uns im Internet:
www.droemer-knaur.de

Originalausgabe Mai 2000
Copyright © 2000 bei Droemersche Verlagsanstalt
Th. Knaur Nachf., München
Alle Rechte vorbehalten. Das Werk darf – auch teilweise –
nur mit Genehmigung des Verlags wiedergegeben werden.
Umschlaggestaltung: Init, Bielefeld
Umschlagabbildung: Mauritius, Mittenwald
Satz: Ventura Publisher im Verlag
Druck und Bindung: Clausen & Bosse, Leck
Printed in Germany
ISBN 3-426-61511-8

2 4 5 3 1

Knaur Lemon

Über den Autor:

Markus Seidel, Jahrgang 1969, wurde in Wilhelmshaven geboren. Er studierte Germanistik und Philosophie in Hannover, Wien und Berlin. Sein erster Roman, *Umwege erhöhen die Ortskenntnis*, erschien 1998 und wurde von der Kritik begeistert aufgenommen: »Es gibt sie also noch in der deutschen Literatur, die liebenswerten Taugenichtse und versponnenen Sorgenkinder des Lebens. *(Die Welt.)*
Markus Seidel lebt als freier Journalist und Autor in Hamburg und Berlin und arbeitet bereits an einem neuen Roman.

*Wenn wir anfangen, etwas zu glauben,
so nicht einen einzelnen Satz,
sondern ein ganzes System von Sätzen.
(Das Licht geht nach und nach über das Ganze auf.)*
          Ludwig Wittgenstein, Über Gewißheit

*Die Biene
flog vom Schiff weg auf den weiten See hinaus. Ach!*
          Peter Handke, Die Geschichte des Bleistifts

*Für den, der's wissen will
… und für dich, Stefan!*

Eins

Es beginnt damit, dass ich an einem Samstagmorgen im Juli allein in der Küche sitze und die Leserbriefe in der Zeitung vom Vortag lese. Nina, meine Freundin, hat sich vor einer halben Stunde auf den Weg zum Markt gemacht.

Zu der Verabredung mit meinem Freund Philip um halb zehn werde ich mit der U-Bahn fahren müssen – mein Fahrrad, kürzlich erst repariert, wurde vor einer Woche gestohlen, und Ninas steht seit zwei Monaten mit einem platten Reifen im Keller. Keiner von uns beiden scheint sich dafür zuständig zu fühlen, und sehr wahrscheinlich wird es auch die nächsten acht Wochen noch da unten stehen.

Diese Welt ist keineswegs die beste aller möglichen Welten – das jedenfalls ist *meine* Ansicht über den aktuellen Stand der Dinge: Unser Auto wurde Anfang des Monats aufgebrochen, beim Sport hat man mir meine nagelneuen Turnschuhe gestohlen, meine Amaryllis ist mir kürzlich eingegangen, und der Fahrraddiebstahl hat meinen derzeit eher unerquicklichen Daseinszustand endgültig abgerundet.

An diesem Julimorgen wird mir mein trübsinniger Standpunkt zu allem Überfluss auch noch bestätigt, denn im Radio diskutieren fragwürdige Experten gerade über alle Übel der Welt: Jammergierig reden sie sich in Rage, spielen sich gegenseitig die Bälle zu, lassen nichts aus und spucken gemeinsam in jeden Winkel. Selbst die Leserbriefe in der Zeitung von gestern, die ich jetzt wieder beiseite lege, sind bloß Anklagen, Richtigstellungen und Beschwerden! Welch eine Wohltat ist es, als ich auf einem anderen Sender einen Schlager höre: *Weiß der Geier oder weiß er's nicht – scheißegal, ich liebe dich!* Schließlich stimme ich sogar mit ein, erst pfeifend, dann singend, bis Nina, die vom Markt heimgekehrt ist, in der Küchentür steht, lächelnd und verdutzt über ihren singenden Freund.

Ich erzähle ihr von der Diskussion im Radio, und dann ist es wieder einer dieser sonderbaren Zufälle, dass ausgerechnet an diesem Tag die Überschrift der Glosse in der Zeitung, die Nina mitgebracht hat, ein Ausspruch Karl Valentins ist:

> *Es ist schon alles gesagt worden,*
> *nur nicht von allen!*

Nina stellt die Einkäufe auf den Tisch, geht ins Schlafzimmer und kommt im Nachthemd, auf dem *Tschüss, bis morgen früh!* steht, zurück in die Küche. Sie schmiert sich ein Brötchen, gießt sich einen Kaffee ein, bemerkt dann, dass sie vergessen hat, Milch zu kaufen, und verzieht sich etwas ungehalten mit Kaffee, Brötchen und Telefon ins Bett. Ich spüle meine Tasse ab, verstaue die Einkäufe im Kühlschrank und in der Vorratskammer (wobei mir auffällt, dass Nina neben der Milch auch den Zucker, die Zwiebeln und die Eier vergessen hat), schaue noch einmal zu ihr ins Schlafzimmer und mache mich dann auf den Weg zum *Café Sydney* am Winterfeldtplatz in Schöneberg, wo ich mit Philip verabredet bin.

Wie gut, dass es ihn gibt! Philip ist ein Garant für gute Laune. So ziemlich jeder, der ihn kennt, wird zwar auch bestätigen, dass er ein Hallodri und Schlawiner ist, aber gerade darum freue ich mich jetzt auf ihn und ein paar Stunden im *Sydney*. Dort werde ich das gestohlene Fahrrad und das aufgebrochene Auto, die penetranten Leserbriefe und die Diskussion im Radio heute Morgen schnell wieder vergessen.

Philip und ich haben uns länger nicht gesehen; er hat vor kurzem erst sein Medizinstudium abgebrochen und ist danach erst mal drei Wochen zu seiner Lieblingstante nach Rom gefahren. Inzwischen ist er zurück in Berlin und muss sich überlegen, was nun zu tun ist – und bei diesen Überlegungen soll ich ihm auf die Sprünge helfen. Von einem Theologiestudium habe ich ihm bereits telefonisch abgeraten, und auch eine Ausbildung als Bademeister im Stadtbad Mitte, mit der Philip allen Ernstes liebäugelt, halte ich für nur wenig sinnvoll.

Auf dem Weg zum Café überlege ich, was ich wohl mit dem Fahrraddieb anstellen würde, wenn ich ihm nun begegnete auf meinem guten alten Rad, das noch vor zwei Wochen direkt vor meiner Wohnungstür stand, von wo es in dreister Manier gestohlen wurde. Der Gedanke ist gar nicht so abwegig, denn ich war schon einmal in genau so einer Situation: Im Winter des vorletzten Jahres entdeckte ich, nachts mit Philip im Taxi sitzend, auf der Bundesallee mein damals auch gerade gestohlenes und dort an einem Geländer angeschlossenes Fahrrad. Sofort ließ ich den Taxifahrer anhalten und lief zurück; inzwischen war prompt der vermeintliche Besitzer gekommen. Er saß schon in ahnungsloser Seelenruhe auf dem Rad und wollte gerade losfahren, als ich ihm forsch entgegentrat, um klarzustellen, dass das *mein* gestohlenes Rad sei! Natürlich forderte ich es entschlossen zurück, woraufhin der Dieb es mir tatsächlich ohne Widerrede und Einspruch, ja ganz und gar wortlos aushändigte. Zugegebenermaßen hatte mich das so sehr überrascht, dass ich mich – als ich schon ein paar Meter zurück zum Taxi gefahren war – nach dem Gauner umgedreht und für die prompte Herausgabe des Rades bedankt hatte. »Vielleicht willst du dem guten Mann auch noch einen Scheck ausschreiben?«, hatte Philip mich dann grinsend und kopfschüttelnd gefragt.

Eigentlich kann an einem Tag wie heute nichts schief gehen: Die Sonne scheint, nicht eine einzige Wolke ist am Himmel zu sehen, und nach der Leblosigkeit der letzten Regentage ist wieder reger Betrieb in die Welt und die Leute gekommen.

Ich bin inzwischen bei dem Café angelangt und setze mich draußen an einen Tisch. Es ist ein kleines Wunder, dass ich überhaupt noch einen freien Platz gefunden habe, denn um mich herum wird überall gedrängt und gedrängelt. Aber so geht es mir eigentlich oft: Ein Restaurant kann zum Brechen voll sein, so dass der Ober einen beim Eintreten schon schief ansieht, weil er weiß, dass es nun noch enger wird; ich aber finde dann doch jedes Mal irgendwo einen freien Platz, und immer wundere ich mich, dass den noch niemand vor mir entdeckt hat.

Auch jetzt und hier im *Café Sydney* steht kein *Reserviert*-Kärtchen auf dem kleinen Tisch, und auch auf dem Stuhl liegt kein *Ich-komme-gleich-wieder*-Mantel. Als die Kellnerin – eine von diesen adretten und schmucken Tablettartistinnen und Bestellgedächtniskünstlerinnen – zu mir an den Tisch tritt, bestelle ich einen Kaffee. Ringsum sitzen schwatzende Grüppchen, viele Paare, die prallen Taschen mit den Wochenendeinkäufen neben sich stehend, dazwischen junge Eltern mit ihren neuen, bunten Kinderwagen, und immer wieder gesellt sich ein neues Gesicht dazu und wird mit großem Hallo begrüßt. Hin und wieder taucht ein bekanntes Gesicht auf, eins meiner Kundengesichter: Ich führe nämlich seit einem halben Jahr zusammen mit meinem ehemaligen Kommilitonen Hendrik Kurz eine kleine Buchhandlung in Berlin-Mitte. Sie liegt nicht weit von einem Krankenhaus entfernt, der Charité, was ein durchaus glücklicher Umstand ist – vor allem Taschenbücher sind stets willkommene Geschenke für einen Krankenbesuch. Für solche Fälle haben wir im hinteren Bereich des Ladens ein eigens dafür eingerichtetes Krankenbuchregal eingerichtet: Für den kleinen Fritz, dem die Mandeln herausgenommen werden, ist genauso etwas dabei wie für die junge Mutter, die gerade entbunden hat; auch für den älteren Herrn, der sich die weichen Knochen gebrochen hat, und den Skiläufer, dem die Bänder gerissen sind, findet sich die passende Lektüre. An diesem Sonnabend aber habe ich die Buchhandlung, wie alle vierzehn Tage, geschlossen und sitze noch immer alleine hier am Tisch. Philip ist inzwischen fast zwanzig Minuten über die Zeit.

Für Verspätungen von mehr als einer Viertelstunde bringe ich nur wenig Verständnis auf; erst recht, wenn es sich um geradezu methodische Verspätungen handelt, werde ich schnell ungeduldig, und Philip gehört zu jener Spezies, die schon prinzipiell *nie* pünktlich kommt.

Nicht mit mir!

Diesmal, so nehme ich mir vor, werde ich mich bei ihm beklagen und ihm klarmachen, wie anstrengend es sein kann, in einem überfüllten Café alle Augenblicke den leeren Platz neben mir als besetzt und freigehalten verteidigen zu müssen. Wäre doch jetzt Nina hier! Wahrscheinlich liegt sie noch immer im Bett, mitsamt der Zeitung, Kaffee und Brötchen und natürlich dem Telefon, das gern und häufig am Samstagvormittag für sie klingelt. Es ist wie ein Ritual: Ihren freien Vormittag verbringt sie nahezu komplett im Bett, es sei denn, sie ist mit dem Einkauf an der Reihe – was allerdings dabei herauskommt, sieht man daran, dass sie heute ihren Kaffee schwarz und ohne Zucker trinken und auf ihr Frühstücksei verzichten muss, denn das alles hat sie, wie gesagt, vergessen. Nina, die selten ausreichend Bargeld mitnimmt, wenn sie einkaufen geht, um dann stets mit lediglich dem halben Einkauf heimkehrt, Nina, die sich spätestens am Zwanzigsten des Monats von mir etwas Geld pumpen muss und jedes Mal ehrlich verblüfft ist über die Höhe der monatlichen Telefonrechnung, genau diese Nina arbeitet, wenn sie nicht im Bett liegt oder ein privates Finanzchaos veranstaltet, ziemlich erfolgreich als Vermögensberaterin in einer Bank. Einmal hat sie mich wegen eines besonders gelungenen Coups zum Essen eingeladen und erst beim Zahlen bemerkt, dass ihr Geld bloß für die Getränke reichen würde.

Nina! Ich wäre jetzt gerne bei ihr unter den warmen Federn, würde von ihrem Müsli naschen und mit ihr die Zeitung lesen. Aber Nina ist nicht hier, Philip ist natürlich auch noch nicht zu sehen, also muss ich mich anderweitig ablenken.

Zu meiner Freude entdecke ich auf dem Nachbarstuhl eine Zeitung. Ich blättere ein bisschen darin herum und lese: *Hier wird niemand gelinkt* – es handelt sich um die Anzeige eines Ladens, in dem es angeblich alles für die linkshändige Minderheit der Bevölkerung gibt: Korkenzieher, Füllfederhalter, selbst Soßenkellen und Scheren hat man im Sortiment. Auch Nina ist Linkshänderin; ihre Handkante ist oft mit Tinte befleckt, und sie muss beim Schreiben ihre Hand vom Papier wegspreizen, um die Schrift nicht zu verwischen. Der Laden für Linkshänder ist bloß zwei Straßen vom *Sydney* entfernt – ich bin jetzt neugierig geworden und werde nachher, auf dem Heimweg, in dem Geschäft irgendetwas für Nina kaufen.

»Entschuldigung?« Neben mir ist plötzlich eine Frau aufgetaucht, die sich als meine Tischnachbarin herausstellt und um die Zeitung bittet – es sei nämlich ihre. Sie sei nur kurz telefonieren gewesen und habe die Zeitung auf ihrem Stuhl liegen gelassen. »Sie können sie gerne haben, aber zuerst möchte ich sie selbst lesen«, lächelt sie mich an. Ich gebe ihr die Zeitung zurück und sage, ich hätte heute bereits eine gelesen, es sei zwar die vom Vortag gewesen, aber das würde im Prinzip vollkommen ausreichen, denn es stünde ohnehin immer das Gleiche drin. Die Frau blickt mich etwas irritiert an, trinkt ihren Tee aus, nimmt ihre Zeitung und geht. Habe ich sie verschreckt? Ihr Platz bleibt keine zehn Sekunden frei, der neue Gast steht schon bereit und winkt, kaum dass er Platz genommen hat, hektisch nach der Kellnerin.

Kein Philip weit und breit! Also zurück zu den Kundengesichtern: Die junge Frau, die allein mit dem großen Salatteller drinnen an der Theke sitzt, war die allererste Kundin, die ich in meiner Buchhandlung bedient habe. Sie kam regelmäßig alle zwei Wochen und verlangte prinzipiell nur nach dem Buch, das die Verkaufsliste eines bestimmten Wochenmagazins anführte. Nicht gerade aufregend, aber doch zumindest ein netter Umsatzgarant. Dann aber passierte Folgendes: Ich hatte mich für einen Volkshochschulkurs angemeldet, *Business-Englisch*, denn das kann nie schaden. Vor der ersten Stunde geriet ich auf der Suche nach dem richtigen Raum geradewegs in eine andere Veranstaltung. Dort entdeckte ich sie in der letzten Reihe; während ich freundlich zu ihr hinüberwinkte, war sie erst erschrocken zusammengefahren, tauchte dann eilig ab und wühlte hektisch unter dem Pult in ihrer Tasche. Ich wunderte mich über ihr Verhalten und darüber, dass sie meinen Gruß nicht nur nicht erwiderte, sondern dass ihr mein Erscheinen offenbar in hohem Maße unangenehm war. Warum? Die Kursleiterin konnte mich schließlich in den richtigen Raum schicken. Später, bei einem Blick in das Kursverzeichnis, las ich verblüfft, dass diese Kundin, die alle vier Wochen in meine Buchhandlung kam, um sich den neuesten Bestseller zu kaufen, offenkundig gar nicht lesen konnte – in dem Kurs, den sie da besuchte, wurde es den Erwachsenen erst *beigebracht!* Von da an hatte ich eine Kundin weniger, und ich fürchte, ihre Wiedersehensfreude könnte sich in Grenzen halten, wenn sie mich hier entdecken würde.

Auch der ältere Herr, der jetzt mit Stock und Hut und glänzend polierten Schuhen an meinem Tisch vorbeispaziert, ist ein »alter Bekannter« und hat mich einmal über sein *Lebenskuriosum*, wie er es nannte, aufgeklärt: Er habe nämlich festgestellt, so meinte er, dass der Buchstabe *M* in seinem Leben eine ganz besondere Rolle spiele. Der Mann zählte dann alles auf, was sich damit verband: Seine Frau heiße *M*athilda, auch in seinem Vornamen befinde sich ein *M*, er sei im Monat *M*ai geboren und so weiter. Eine irgendwie krude Theorie, befand ich insgeheim, aber noch während mein Kunde erzählte, ertappte ich mich dabei, wie ich nach einem ähnlichen Umstand bei mir selbst suchte, ohne allerdings auf Entsprechendes zu stoßen.

Philip! Die Kundengeschichtengesichter können mich nun auch nicht mehr ausreichend ablenken, und ich halte wieder Ausschau nach meinem Freund. Der aber lässt sich noch immer nicht blicken. Ich würde mir jetzt gerne von drinnen eine Zeitschrift holen, bloß um mich von meiner Ungeduld abzulenken, um mich zu beschäftigen (oder wenigstens geschäftig zu *erscheinen* – lesen will ich eigentlich gar nicht), aber das hieße, den Platz zu verlassen und mich an all den Tischen mit den lachenden Kaffeetrinkern und schmatzenden Frühstückern, den prallen Einkaufstaschen und sperrigen Kinderwagen vorbeizudrücken, was mich schließlich vor meiner inzwischen halbleeren Kaffeetasse mit dem dunklen, eingetrockneten Schaum am Rand sitzen bleiben lässt.

Ich starre lange auf einen dunklen, eingetrockneten Kaffeefleck, den ich vor mir auf dem deckenlosen Tisch entdecke, und ärgere mich von Sekunde zu Sekunde mehr über die Warterei. In der Langeweile werden Kleinigkeiten, die man sonst übergeht, zu kleinen Ereignissen. Mir ergeht es jetzt nicht anders: Ich bemerke, dass der Kaffeefleck Ähnlichkeit mit der Landkarte Afrikas hat, und schon wird mir wieder wohler. Irgendwie interessiert mich der Sprenkel plötzlich, und ich schaue ihn mir noch eine kleine Weile an, bis die

Kellnerin mit einem feuchten Tuch kommt und das Kaffeefleck-Afrika beiläufig und ohne ein Wort fortwischt.

Ich schaue auf die Uhr (sie ist ein Erbstück meines vor drei Jahren verstorbenen Großvaters, altmodisch und außerdem ungenau, aber ich mag sie und ihr leises, gleichmäßiges Ticken; das sorgsame Drehen am Rädchen ist wie eine kleine Aufgabe und Verantwortung, zweimal am Tag ist das nötig, zweimal gebe ich ihr neue Kraft für die nächsten Stunden): Philip ist jetzt mehr als dreißig Minuten über die Zeit, obwohl er doch gar nicht weit von hier entfernt wohnt; er besitzt eine Drei-Zimmer-Wohnung in der Augsburger Straße in Charlottenburg, die ihm sein Vater, ein ziemlich reicher Immobilienmakler, gekauft hat. Philip ist dort erst vor einem Vierteljahr tatsächlich eingezogen, vorher hatte er sie teuer vermietet und war selbst in ein Studentenwohnheim gezogen, weil er der Ansicht gewesen war, ein 60er-Jahre-Porsche fehle ihm mehr zu seinem Glück als eine große Wohnung. Der Wagen war ein echtes Schnäppchen gewesen, Philip hatte nicht widerstehen können und ihn dann von den Mieterträgen der Wohnung finanziert. Dann aber, vor einem halben Jahr, hat ihn sein Vater (der in München im feinen Bogenhausen wohnt und den Philip bloß alle drei Jahre sieht) besucht, um sich endlich einmal Philips Wohnung anzusehen, seine *Investition*, wie er es nannte. Er hatte zum Glück nicht die geringste Ahnung, wo sich die Wohnung befand, was Philips große Chance war: Er bat Nina und mich, ihm *unsere* Wohnung für den Besuch des Vaters zur Verfügung zu stellen, denn sein Mieter in der Augsburger Straße weigerte sich verständlicherweise, für das Wochenende auszuziehen, und die zwölf Quadratmeter kleine Bude in dem Studentenwohnheim hätte Philip seinem Vater nur schwer erklären können. Gesagt, getan: Philips Vater war von der Wohnung schwer beeindruckt; es war zwar nicht die seines Sohnes, aber das wusste er schließlich nicht. Zwar wunderte er sich ein bisschen, warum es alles – beispielsweise die verräterischen Zahnbürsten – in doppelter Ausführung gab, doch Philip hatte für alles eine Erklärung parat und sprach von häufigen Überraschungsbesuchen seiner Freunde, auf die er immer vorbereitet sein müsse. Der Vater hatte sich schließlich befriedigt und ahnungslos verabschiedet, aber Philip verkaufte den Porsche danach trotzdem so schnell wie es ging, kündigte dem Mieter seiner Wohnung und zog selbst in die Augsburger Straße. Sein Vater war seitdem nie wieder in Berlin aufgetaucht, und ich wies Philip besser nicht darauf hin, dass seine Wohnung keinerlei Ähnlichkeit mit meiner hatte und der Betrug darum unweigerlich beim nächsten Besuch auffliegen würde.

Möglicherweise hat er unsere Verabredung im *Café Sydney* vergessen. Es wäre jedenfalls nicht das erste Mal.

Zwischen den plaudernden Frühstückern und Wochenendmüßiggängern fühle ich mich irgendwie fehl am Platze. Selbst die Sonne geht mir jetzt zunehmend auf die Nerven. Schlimmer kann es wohl kaum noch werden.

Doch, das kann es durchaus: Hier und jetzt kommt mir Isabell wieder in den Sinn, Isabell, die mich vor einem Jahr verlassen hat. Wie oft hat auch *sie* mich warten lassen, und wie viele Stunden habe ich mit immer ungeduldigerem Sitzen und Warten verbracht! Aber ich habe doch immer wieder gewartet, und manchmal hatte ich den Eindruck, ich verbringe mehr Zeit mit dem *Warten* auf sie als mit ihr zusammen. Zum Glück ist Nina anders. Sie pünktlich zu nennen, wäre zwar weit übertrieben – dass sie außerhalb ihrer Bank nicht einmal eine Uhr trägt, sagt schon alles –, doch sie kennt meine Ungeduld und gibt sich zumindest Mühe, mich nie zu lang warten zu lassen.

Auf dem Nachbartisch liegt die *Bunte* – die perfekte Lektüre, um sich die Zeit zu vertreiben, doch sitzt da auch noch eine junge Frau am Tisch, die pausenlos plappert und ihrem Begleiter mit einer Sterntätowierung am rechten Ohrläppchen von einem Kinofilm erzählt. Sie will ihm die Handlung schildern, findet aber die richtigen Worte nicht, und so spricht sie mit fuchtelnden Händen und scharrenden Füßen und wird dabei immer hilfloser, erst recht, als sie bemerkt, wie bemüht er ihre Not überspielt und fortwährend lächelnd nickt, als verstünde er, gleichzeitig aber mit seinem Kaffeelöffel ungeduldig, gleichmäßig und leise auf den Tisch klopft. Eigentlich, denke ich, ist *er* der Esel von beiden, denn anstatt ihr zu helfen, tut er so, als wäre alles in bester Ordnung. Die Frau stammelt und stottert, und der Mann rührt sich noch immer nicht, nippt an seinem Kaffee und blickt sie auch dabei noch über den Rand seiner Tasse an, so als würde ihn ihre Geschichte brennend interessieren. Und trotzdem, eins ist klar: Wenn sie es nicht schafft, in den nächsten Minuten ein paar halbwegs vollständige Sätze zu formulieren, so dass er sich nicht länger zusammenreißen muss, wird er spätestens zu Hause über die erste ungespülte Kaffeetasse, die sie beim Abwasch am Morgen übersehen hat, aus der Haut fahren. Geduld hat immer irgendwann ein Ende, und dann sind es Kleinigkeiten, die ausreichen, um einen die Nerven schließlich doch verlieren zu lassen. Ich drehe mich weg von ihnen und verzichte auf die *Bunte*.

Als ich auf die Straße blicke, weil ich noch immer hoffe, Philip würde im nächsten Augenblick auftauchen, sehe ich einen Bettler, der sich in diesem Moment neben die Altglascontainer hockt. Die Sohle löst sich von seinen Schuhen und erinnert an eine ausgestreckte Zunge. Vor dem Mann steht eine 200-Gramm-Caro-Kaffeedose für Spenden, die aber eigentlich viel zu groß ist für ihren Zweck und die vermutlich in den nächsten dreißig Tagen nicht zu füllen ist, zumal eine fast leere Schnapsflasche zwischen den Beinen des Bettlers steckt, so dass der mögliche Spender gleich durchschaut, wie sein Geld angelegt werden wird. Entweder, geht es mir jetzt durch den Kopf, ist dieser Mann noch nicht lange auf der Straße – er macht ja offensichtlich schon die grundsätzlichsten Dinge falsch! – oder er hat tatsächlich vollkommen kapituliert. Es ist wirklich ein Bild des Jammers, und um es noch schlimmer zu machen, sehe ich jetzt, dass der Alte unter seiner Anzugjacke einen verblichenen Sportdress mit dem Aufdruck *Always Big Fun* trägt. Ich suche in meiner Hosentasche nach einigen Groschen, ertaste vier oder fünf und will aufstehen und zu dem

Mann hinüberlaufen, zögere dann aber und bleibe schließlich doch sitzen. Der Gedanke, mich durch die fröhlich lärmende Menge zu kämpfen, die Münzen in die Dose zu werfen und dann mit Sicherheit unter den Blicken der ganzen Café-Besatzung auf meinen Platz zurückzukehren, scheint mir wenig angenehm. Also stecke ich die Groschen in meine Sakko-Innentasche; ihr Geklimper wird mich nachher beim Aufstehen an *Always Big Fun* und die Caro-Dose erinnern.

»Ist da noch frei?« Ein Pärchen setzt sich zu mir an den Tisch und besetzt Philips Platz, was mir nur recht ist. Es ist jetzt fast zehn. *Warum*, frage ich mich, *verabredet man sich für eine bestimmte Uhrzeit, und der andere kommt trotzdem zu spät? Oder macht man vielleicht bloß deshalb eine Zeit aus, um sichergehen zu können, auch garantiert zu spät zu kommen? Was sind das für Spiele, und warum spielen eigentlich in letzter Zeit immer die* anderen, *nur ich* nicht? Und dann, als die Bedienung zum vierten Mal an meinem Tisch und meiner leeren Kaffeetasse vorbeiläuft, wird mir plötzlich klar, dass ich viel zu lange und viel zu oft warte. Und das nicht erst in letzter Zeit.

Ich höre das Pärchen etwas bestellen und denke: *Ob die beiden wohl geduldig aufeinander warten? Warten sie auch noch aufeinander, wenn der andere zum sechzehnten Mal eine Viertelstunde über die Zeit ist?*

Langsam wird mir das alles zu viel!

Man wartet ja nicht bloß auf den Menschen, der sich verspätet, man wartet noch auf viel mehr: auf den Bus, auf Neujahr, auf bessere Zeiten, auf den abendlichen Spielfilm, den Orgasmus, auf den Sonnenschein, aufs Gewitter, auf einen guten Einfall, auf einen Brief, einen Anruf, auf Besuch, auf viel zu vieles mehr. Ich hole tief Luft. *Schluss damit!* Hier und jetzt nehme ich mir vor: *Ab sofort werde ich auf nichts und niemanden mehr warten!* Dann stehe ich auf, lege das Geld für den Kaffee auf den Tisch und gehe.

Zwei

Ich habe das alles so unendlich satt: dieses übertrieben laute Café-Lachen, dieses *Hier-wird-gelacht*-Lachen von den Nachbartischen und das Konkurrenzgequatsche der breitbeinig sitzenden Männer, die da an den Tischen mit ihren neuen Frauen sitzen, mit dem Handy in der Gesäßtasche oder protzig auf dem Tisch. Gleichzeitig aber frage ich mich, ob ich denn wirklich anders wäre, wenn ich heute ein bisschen mehr dazugehören würde. Wenn Philip gekommen wäre. *Vielleicht muss ich bloß einmal mitspielen*, überlege ich. Sofort aber verabscheue ich schon allein die Vorstellung, einer von diesen Frühstückern, Rumlärmern und Handy-auf-den-Tisch-Legern zu sein. Um keinen Preis würde ich in deren Club eintreten!

Es sind nur ein paar Schritte bis zum Winterfeldmarkt; dort kaufe ich ein Pfund Bananen und bekomme das Wechselgeld von der Verkäuferin in vielen kleinen Münzen. Das erinnert mich dann wieder an *Always Big Fun*. Also kehrt marsch und zurück. Als ich an dem Bettler vorbeikomme, will ich ihm das ganze Kleingeld in möglichst lässiger Manier in seine 200-Gramm-Caro-Kaffeedose schmeißen. Natürlich treffe ich die Dose nicht und werfe daneben, so dass die Geldstücke über den Fußgängerweg rollen. Offenbar hat die Welt sich gegen mich verschworen! Ich bücke mich eilig und lese die Groschen wieder auf, denn der Bettler rührt sich nicht und schaut mir unbeteiligt zu. Dann lasse ich die Münzen in die Dose fallen, in der es leise und dumpf scheppert. Wenigstens habe ich diesmal getroffen! Der Bettler nickt trotzdem bloß stumm und in einer Weise, als hätte da jemand lediglich eine Schuld beglichen, und ich gehe unfroh weiter.

Weshalb läuft seit einiger Zeit so vieles schief? Etwas stimmt nicht mit mir; ich habe keine Ahnung, woran es liegt, aber das Gefühl, dass ich irgendwie aus dem Lot geraten bin, werde ich einfach nicht los – und Leute wie Philip, die einen warten lassen, die einen über eine halbe Stunde in einem überfüllten Café sitzen lassen und einfach nicht kommen, rauben einem schließlich den allerletzten Nerv.

Der Bananenkauf und die missglückte Spendenaktion für *Always Big Fun* hat ein paar Minuten gedauert, und obwohl ich gar nicht schnell genug vom *Sydney* wegkommen kann, drehe ich mich trotzdem noch einmal neugierig um. *Volltreffer!* Jetzt steht Philip doch tatsächlich vor dem Café und setzt sich gerade auf denselben Stuhl, von dem ich kurz zuvor aufgestanden bin! Es beruhigt mich, zu wissen, dass jetzt zur Abwechslung mal jemand auf *mich* wartet. Soll Philip sich doch mit der sprachverstörten Tischnachbarin auseinander setzen! Ich schlendere, plötzlich wieder gut gelaunt, von dannen.

Als ich an einem Friseursalon vorbeigehe, aus dem es bis auf die Straße nach Shampoos, Haarwachs und Parfüm duftet, und als ich dann von draußen durch die Scheibe sehe, wie einem Kind, das mit einem fröhlichen Gesicht auf einem viel zu großen Frisierstuhl sitzt, die Haare gewaschen werden, entscheide ich, mich jetzt auch ein bisschen bedienen lassen zu wollen. *Krehaartiv* steht über dem Eingang, und fast hätte ich wieder kehrtgemacht, doch dann lasse ich es gut sein und freue mich auf das Gefühl des warmen Wassers auf meiner Kopfhaut, auf die Massage und sogar auf das Bezahlen und das Dankeschön der Friseurin für das Trinkgeld, das ich ihr geben würde. Wie als Versöhnung für den Ärger über den unzuverlässigen Philip höre ich das Bimmeln der kleinen Glocke über der Tür. Sofort fühle ich mich hier am rechten Platz und setze mich auf den gleichen Stuhl, auf dem das Kind eben noch gesessen hat; das Leder ist noch warm.

Die Friseurin wundert sich, dass ich mir die Haare schneiden lassen will, denn natürlich hat sie gleich erkannt, dass ich erst vor kurzem beim Friseur gewesen bin. Ich mache ihr aber klar, dass ich mir meine Haare bloß waschen lassen möchte, und sie nickt und lächelt, und ich freue mich über dieses stumme Verstehen. Als ich das warme Wasser auf meiner Kopfhaut spüre und die massierenden Hände der Frau, schließe ich die Augen und fühle mich so wohl und sicher, dass ich am liebsten den ganzen restlichen Tag bei der Friseurin in diesem duftenden Salon bleiben möchte.

Eigentlich bin ich ein Friseurschweiger – wie das Wetter gestern war, wissen wir alle, wie es heute ist, kann man sehen, und wie es wird, weiß man nicht; die Politik ist zweifellos ein dreckiges Geschäft, und aller Klatsch über Prinzessinnen und Popstars lässt mich völlig kalt. Nachdem ich aber eine geschlagene Stunde allein und auf Philip wartend vor dem Café gesessen habe, ist mir nach einer Unterhaltung zumute, und so spreche ich, den Kopf nach hinten an das Waschbecken gelehnt, munter in Richtung der weiß gestrichenen

Decke. Als ich dann versuche, den Kopf noch ein bisschen weiter nach hinten zu legen und meiner Friseurin direkt in die Augen zu sehen, erschrickt sie darüber, und ich lasse es von da an mit dem Sprechen und Umschauen sein. Stattdessen erzählt nun sie mir von ihrer letzten Urlaubsreise nach Kuba und davon, wie gut sie sich erholt habe, obgleich das Hotel ja alles andere als komfortabel gewesen sei, der Strand dagegen himmlisch, wirklich absolut einmalig, genauso wie das Wasser und das Essen. Wie *neugeboren* sei sie zurückgekehrt, und zum Glück habe sie, als sie dann wieder im Friseursalon habe stehen müssen, gleich zwei ganz supernette süße Kunden gehabt, sonst hätte sie wahrscheinlich umgehend gekündigt und das Weite gesucht, denn der Gegensatz – hier Kuba, da der Friseurladen –, der sei ja doch gewaltig!

Eine kleine Reise, denke ich, als ich der Friseurin und ihrer Urlaubsgeschichte zuhöre, *würde mir sicherlich auch gut tun.* Nicht in ein anderes Land, aber doch so weit weg von hier, dass ich auf andere Gedanken komme – kurzum: Ich finde, dass ich mir eine kurzfristige Auszeit verdient habe. Die letzten Wochen in der Buchhandlung waren ziemlich stressig, verstärkt noch durch den Umstand, dass mein Kompagnon für fast zwei Monate wegen eines komplizierten Beinbruchs ausfiel und ich alles ohne ihn bewältigen musste.

Zugegeben: Viel Arbeit in der Buchhandlung ist eine Sache, das ewige Warten eine andere, und selbst zusammengenommen ist das alles kein richtiger Grund für mein momentanes Unwohlsein. Während ich auf dem Ledersitz sitze und die Friseurin mir das Shampoo aus den Haaren braust, muss ich mir eingestehen, dass es eigentlich etwas ganz Anderes gewesen ist, das mich bereits vor zwei Wochen aus der Bahn geworfen hat: Isabell ist mir auf einer Party über den Weg gelaufen. Sie stand einfach so im Flur, mit ihrem Freund, einem Riesen von Mensch. Ich wollte schnell wieder verschwinden, aber sie hatte mich schon entdeckt und angesprochen, und ich bemerkte gleich, dass sie noch immer dasselbe Parfüm benutzte wie früher, was mich nur noch mehr verstörte. Dass sie mich dann ihrem Freund vorstellte, empfand ich als schlichte Gemeinheit, und ich ärgerte mich sehr, dass ich allein auf die Party gekommen war, ohne Nina. Nach einer Stunde hatte ich mich dann aus dem Staub gemacht und von einer Telefonzelle aus bei Philip angerufen; er hatte vorgeschlagen, uns in der *Lützow-Bar* am Lützowplatz zu treffen, so einem schick-sterilen Etablissement mit der angeblich längsten Theke Berlins, in dem man neben Yuppies mit Mobilfax auf schwarzen Edel-Ledersofas sitzt. Das alles aber war mir an dem Abend völlig egal gewesen, Philip hätte mich auch in eine Fanclubkneipe von Hertha BSC schleppen können – ich war froh, ihn zu treffen, und erzählte ihm dann alle alten Geschichten mit Isabell. Philip kannte sie natürlich schon, hörte aber trotzdem tapfer und geduldig zu. Nach zwei Stunden verließen wir ziemlich betrunken die Bar, und wie es der Zufall wollte, begegneten wir Isabell und ihrem zwei Meter großen Freund, die von der Party kamen: Ich stand an einer Hecke, um die ersten Cocktails loszuwerden, als sie vorbeikamen, und Isabell schmunzelte über mich, ihren betrunkenen und breitbeinig an der Hecke stehenden Exfreund, und für dieses Schmunzeln hätte ich ihr am liebsten eine verpasst.

Die Friseurin föhnt mir jetzt die Haare, und ich überlege, bei wem ich mich für ein paar Tage einladen kann. Es fallen mir dabei eine ganze Menge Namen ein, und am Ende bin ich überrascht, wie viele Freunde ich auswärts habe. Was wird Nina davon halten? Hat sie mir nicht kürzlich erst von ihren vielen Überstunden erzählt, die es bald abzufeiern gelte? Ich hoffe sehr, dass sie mitkommen wird.

Auf dem Weg zur U-Bahn komme ich an dem Laden für Linkshänder vorbei und gehe hinein. Drinnen steht ein kleines Männchen mit einem weißen Vollbart, der Inhaber des Ladens, wie sich herausstellt. Er hat bloß noch einen Arm; den rechten hat er, wie er gerade einer Kundin erzählt, vor zwei Jahren bei einem Unfall verloren. Seitdem müsse er alles mit der linken Hand erledigen, und da sei ihm klar geworden, wie sehr die Welt auf die Rechtshänder ausgerichtet sei. Deswegen habe er vor drei Monaten dieses Geschäft eröffnet. Linkshänder würden hierzulande furchtbar diskriminiert, meint er, und die Kundin stimmt ihm zu meiner Verwunderung auch noch zu. Ich kaufe trotzdem einen Füllfederhalter und mache, dass ich wegkomme.

Was ist eigentlich das Besondere an einem Füller für Linkshänder? Ist die Feder irgendwie anders gerichtet? Ich sitze in der U-Bahn und untersuche den Schreiber. Nichts deutet darauf hin, dass dies ein spezieller Füller ist; ich drehe ihn und betrachte ihn von allen Seiten, finde aber nichts. Ich bin weiß Gott kein guter Beobachter – wie lange hat es gedauert, bis ich bemerkt habe, dass Nina alles mit der *linken* Hand macht!

Wir haben uns vor einem Dreivierteljahr kennen gelernt und erzählen gerne von unserem ersten Abend, jeder unserer Freunde kennt diese Geschichte. Kurios ist dabei, dass – wann immer wir davon sprechen – die jeweils letzte Version der Geschichte um eine Nuance verändert ist, denn immer gibt einer von uns beiden etwas Neues preis, das der andere noch nicht weiß. Hier ist sie also, unsere Geschichte, und was ich im Folgenden wiedergebe, sind gewissermaßen die unveränderlichen Fakten, denn was Nina und ich daraus machen, wenn wir sie erzählen, das steht auf einem anderen Blatt:

Wir beide sind uns auf einer Dichterlesung im Audimax der Humboldt-Uni begegnet. Ich stand kurz vor dem Ende meines Studiums und hatte auch in den Nächten noch gearbeitet. Als dann in der Zeitung die besagte Lesung angekündigt wurde, entschloss ich mich spontan, hinzugehen. Allerdings war ich so übermüdet von den Strapazen der vergangenen Wochen, dass ich während der Veranstaltung ein paar Mal einschlief, und mein Kopf fiel dabei zweimal sachte gegen die Schulter meiner Sitznachbarin: Nina. Natürlich war ich jedes Mal aufgewacht und hatte mich etwas erschreckt bei ihr entschuldigt. Sie lächelte, ich hatte sie schließlich angesprochen, und wie zufällig führte unser Heimweg in dieselbe Richtung.

»Fandest du den Menschen gerade wirklich so langweilig?«, wollte sie wissen. Ich klärte sie über meine Müdigkeit und ihre Gründe auf und wurde – »Jetzt bist du ja ausgeschlafen!« – vier Sätze später ins *Cibo Matto*, eine Bar in der Rosenthaler Straße in Mitte, eingeladen.

Die ersten Eindrücke, die Erfahrungen, die man macht, wenn man jemanden kennen lernt – waren sie bei mir bisher nicht jedes Mal ganz ähnlich gewesen, bei jeder Frau? An jenem Abend mit Nina aber war das Bekannte ungültig und alles neu. Ich war jeder Masche und Methode, auf die ich sonst gerne zurückgriff, wenn ich mit Frauen sprach, überdrüssig und außerdem davon überzeugt, Nina würde sowieso alles schon im Ansatz entlarven.

Irgendwann kam ein Inder mit einem Arm voller Rosen in das Lokal und stand lange an unserem Tisch, wobei er mir stumm und mit bittendem Blick die Blumen unter die Nase hielt; ich hatte nichts dergleichen im Sinn, wusste den Mann aber auch nicht so recht abzuschütteln, schaute Nina etwas ratlos an und las an ihrem Blick, dass ich keine Rose für sie zu kaufen brauchte. Offenbar erkannte dann auch der Blumenverkäufer, dass er bei uns beiden kein Geschäft machen würde, denn ohne dass ich etwas sagen musste, verschwand er und stand schon wieder am nächsten Tisch, wo er allerdings nicht mit der üblichen lässigen Geste fortgescheucht, sondern vielmehr der gesamte Strauß spendabel übernommen wurde. Später, als wir beide das Café verließen, sah ich bei einem Blick durch das Fenster, dass der Strauß lieblos vergessen worden war und lief dann sofort zurück, nahm die Blumen und überreichte sie draußen Nina. Sie lachte und umarmte mich, und dann gab ich ihr einen vorsichtigen kleinen Kuß auf den Hals, der der einzige bleiben sollte an diesem Abend, obwohl wir Hand in Hand nach Hause liefen. Mir gefiel es, dass diejenigen, die Nina und mich so sahen, uns für ein Paar halten mussten.

Dann standen wir vor ihrer Haustür, es war drei Uhr morgens und ich war wach und aufgedreht und verliebt. Wir wussten nicht, wie wir uns verabschieden sollten: Keiner von uns beiden wollte zu weit gehen und keiner zu kühl den anderen zurücklassen. Schließlich haben wir uns in die Arme genommen, und ich hätte sie am liebsten gar nicht wieder losgelassen, mich aber gleichzeitig gefragt, wie lange eine solche Umarmung dauern durfte, um nicht aufdringlich zu erscheinen. Was, wenn sie die Erste ist, die sich löst? Trotz all dieser Grübeleien und Überlegungen war ich gelöst und glücklich wie lange nicht mehr.

Schließlich gab ich ihr meine Adresse und lief zu Fuß nach Haus, obwohl es mindestens drei Kilometer waren bis dort, aber ich wollte dieses Gefühl der kleinen Verliebtheit auskosten und noch ein bisschen fliegen mit der Erinnerung an die letzten Stunden. Als ich dann aber um vier Uhr morgens zu Hause auf der Couch saß, schlief ich augenblicklich ein und wachte schon um sieben wieder auf, weil es an meiner Tür läutete: Lächelnd und mit müden kleinen Augen stand Nina da. Es begann fulminant mit uns, zweifellos.

Ich war verblüfft über die Hingabe, zu der ich wieder fähig war; die Trennung von Isabell, ihr Auszug aus unserer gemeinsamen Wohnung in Schöneberg, das ganz und gar überraschende Verlassenwerden – das alles hatte, als ich Nina über den Weg lief, immerhin erst ein paar Monate zurückgelegen. Tatsächlich brauchte es auch nicht lange, um mich erkennen zu lassen, dass noch längst nicht wieder alles wieder im Lot war; die Wunden, die mir die Trennung zugefügt hatte, waren noch nicht verheilt. Meine anfängliche Leidenschaft und Hingabe für Nina wich im Laufe der Zeit einer Geduld und zähen Hoffnung – einer Hoffnung, die an guten und glücklichen Tagen sogar zur echten Überzeugung wuchs, dass

Nina die Richtige und Einzige ist und ich der Richtige auch für sie.

Aber wann endlich würde alles wieder in Ordnung und im Lot sein? Wie lange sollte das alles noch dauern?

Wann würde ich Isabell gegenüberstehen können, ohne dass ich gleich die Nerven verliere und hinterher weiche Knie bekomme wie neulich auf der Party?

Ich bin wieder zu Hause, stehe nun vor unserer Wohnung in der Lepsiusstraße in Steglitz und suche nach meinem Schlüssel, da höre ich drinnen Ninas feste, schnelle Schritte auf dem Dielenboden, höre sie zu der Radiomusik summen. Ich stehe da und höre sie in meiner Wohnung und bin plötzlich froh, froh, dass sie da ist, froh über unser Zusammensein und froh bei der Vorstellung, mit ihr für ein paar Tage fortzufahren.

»Was willst du denn schon wieder hier?« Nina hat natürlich nicht so früh mit mir gerechnet, deshalb schaut sie mich etwas irritiert an, als sie mich in der Tür stehen sieht. Ich erkläre ihr, was vorgefallen ist, und bemühe mich, auf einen Jammerton zu verzichten, was mir aber leider gründlich misslingt. Am Ende stelle ich es gegen meine Absicht so dar, als wäre das verpasste Treffen ohnehin nicht anders zu erwarten gewesen, Philip ein bekanntermaßen unzuverlässiger Halunke und ich selbst ein unverbesserlicher Esel, weil ich immer wieder auf ihn hereinfalle.

»Das Warten muss ein Ende haben!«, sage ich entschlossen, und: »Die anderen haben den letzten Stich, und der Esel bin ich!« Das reimt sich, und dann kann ich über das alles schon wieder lachen und bin froh, dass auch Nina schmunzelt (obwohl sie keineswegs glaubt, mein Reimspruch von eben sei tatsächlich beabsichtigt gewesen). Als im nächsten Moment das Telefon klingelt und sie schon abheben will, gehe ich eilig zu ihr, nehme ihre Hand und halte ihren Zeigefinger auf meinen Mund. Ich ahne schon, wer es ist, und richtig: Philip spricht auf den Anrufbeantworter: »Sag mal, wo bist denn du? Ich sitz hier schon eine Ewigkeit im Sydney und ich habe keine Lust, noch länger zu warten.« Deshalb stehe er jetzt auf und gehe auf den Flohmarkt auf der Straße des 17. Juni, ich könne ja nachkommen, wenn ich wolle.

Mir ist es ein großes Vergnügen, Philip reden zu lassen, ohne einzugreifen und zu antworten. Auf den Flohmarkt kann er ohne mich gehen.

Nina trägt noch immer ihr Nachthemd und sitzt jetzt mit der Zeitung auf dem Bett. Ich sitze auf einem Hocker in der Küche und starre auf den tropfenden Wasserhahn. Ab und zu höre ich das Rascheln der Zeitung aus dem Nebenzimmer. In dem Moment kann ich mir nichts Heimeligeres vorstellen als dieses Rascheln und warte jetzt aufmerksam und gespannt darauf. Als ich dabei aus dem Fenster in den Hof schaue, sehe ich, wie schon in den Tagen zuvor, den alten, am Hals und selbst im Gesicht tätowierten Mann vor den Mülltonnen stehen und alle Augenblicke etwas daraus hervorklauben. Er kommt seit einigen Wochen jeden Morgen und steckt sich das Brauchbare, das er hier findet, in seine ausgeleierten und eingerissenen Anzugtaschen. Der Mann tut mir ehrlich Leid. Vor einer Woche habe ich ihm mit einem Tesafilmstreifen einen Zehnmarkschein an die Innenseite der Mülltonne geklebt, in der Hoffnung, der Alte würde ihn dort am Morgen entdecken. Leider aber kam am selben Tag der Müllwagen, der Mann wusste das offenbar und ließ sich deshalb gar nicht erst blicken. Das Geld war natürlich auch verschwunden, als ich später nachschaute. Im ersten Moment habe ich mein nutzloses Mitleid verwünscht, dann aber wurde mir klar, dass es ja meine eigene Schuld war, und steckte mir ein Geldstück in die Hosentasche, für den Fall, dass ich dem Alten einmal auf dem Hof begegnen sollte. Bevor ich die Hose das nächste Mal in die Waschmaschine steckte, nahm ich die Münze natürlich wieder heraus, vergaß danach, sie wieder hineinzustecken, und wäre nun auch wieder unvorbereitet, wenn ich den Mann im Hof treffen würde, statt ihn nur durch das Fenster zu sehen. Aber ob er Geld überhaupt annehmen würde?

Nina liest mir aus dem anderen Zimmer einen Artikel aus der Zeitung vor; ich bleibe weiter auf dem Hocker sitzen und starre, das Kinn auf den Rand des Spülbeckens gelegt, auf den noch immer gleichmäßig tropfenden Wasserhahn. Dann stehe ich auf und gehe zu ihr hinüber.

Ich setze mich auf das Bett neben sie. »Lies mir was vor, ja?« Dann lege ich mich auf den Rücken und zwischen ihre Beine, den Kopf in ihrem Schoß. Wenn ich nach oben gucke, kann ich ihre kleinen, runden Brüste sehen. Dann schließe ich die Augen und genieße ihre Stimme. Es tut mir gut, sie zu hören; was sie liest, ist mir dabei völlig gleichgültig. Stimmen sind mir von jeher wichtig, und es fasziniert mich, wie wenig sie bei erwachsenen Menschen altern: Beim letzten Klassentreffen – das erste für mich seit dem Abschluss vor zwölf Jahren – stand ich zunächst ein wenig ratlos vor meinen alten Lehrern und konnte sie nicht einordnen. Dann aber, nach den ersten Worten von ihnen, fiel der Groschen; zwar hatte ich mitunter nicht den passenden Namen parat, aber doch eine Vielzahl von Geschichten und Anekdoten, die sich mit dieser Stimme verbanden.

Stimmen sind für mich immer schon so etwas wie eine Zuflucht – ich glaube, als ich noch klein war, habe ich mich besonders auf die Stimme meiner Mutter gefreut, wenn ich aus dem Ferienlager heimkam. Selbst mit dem Begriff *Heimat* verbinde ich kein Land, keine Stadt und keine Wohnung, sondern die Stimmen meiner Freunde und die meiner Eltern.

Isabell hatte – Isabell *hat* – eine wirklich wunderbare, einzigartig schöne Stimme. Ich war vom ersten Augenblick an in ihrem Bann, und jedes Mal, auch nach dreihundert Tagen noch, habe ich beim Telefonieren mit ihr einige Augenblicke die Augen geschlossen. Bevor wir uns kennen lernten, hatte ich geglaubt, dass sich so etwas wie Liebe bloß bei »den anderen« abspielt; ich hatte gedacht, dass das alles nicht für mich gelten würde, und war dann fassungslos gewesen, dass auch ich dieses Spiel plötzlich mitspielen durfte. Einmal habe ich Isabells Stimme ohne ihr Wissen beim Frühstück auf Tonband aufgenommen. Ich habe dieses Band mit der Zeit völlig vergessen, und als ich neulich einmal eine Radiosendung mitschneiden wollte, da habe ich prompt jenes Tonband eingelegt und plötzlich Isabells Stimme gehört, *ihre* Stimme und *ihre* Worte und *ihr* Geschirrgeklapper beim Frühstück an jenem Tag. Es hat mich regelrecht umgehauen, und ich habe erst geglaubt, einen Geist zu hören und das Band dann doch bis zum Ende weiterlaufen lassen. Ich hörte ihr Lachen, sah sie an dem Tisch sitzen und aufstehen, hörte das Telefon läuten und Isabell mit ihrer Freundin sprechen, und schließlich hatte ich denselben gigantischen Stein im Bauch und denselben gigantischen Kloß im Hals wie damals, als sie sich dann von mir trennte und ich sie aus dem Nebenzimmer sagen hörte: *Ja, mein Gott, Hannes, ich habe ihn geküßt!*

Ninas Stimme ist viel weniger prägnant als Isabells, es fehlt ihr irgendein Kennzeichen, ein Merkmal, etwas Eigenes. Sie ist weder sonderlich hoch noch tief, und manchmal passiert es mir sogar, dass ich Nina am Telefon nicht erkenne oder zuerst mit jemand anderem verwechsle. Allerdings spricht sie sehr schnell (das passt zu Nina); ich kenne niemanden sonst, der so schnell und gleichzeitig so deutlich spricht wie sie.

Ich stehe auf und setze mich auf die Bettkante. Während sie mich jetzt aus der Sparte *Worüber man spricht* mit dem Klatsch dieser Welt versorgt und ich aus dem Schlafzimmerfenster blicke, sehe ich das grau-weiß-gesprenkelte Kätzchen auf dem Fenstersims der gegenüberliegenden Wohnung sitzen. Es hockt da und schaut traurig durch die verdreckte Scheibe auf den Hof hinaus. Tatsächlich habe ich es noch nie im Hof streunen sehen, immer sitzt es bloß auf dem Sims und blickt starr wie aus Keramik aus dem Fenster. Vielleicht wird es nie erfahren, wie ein Vogel schmeckt, denke ich und überlege dann, ob ich deswegen die Katze bedauern oder mich für die Vögel freuen soll.

Irgendwie bin ich wie diese Katze, kommt es mir in den Sinn. Auch ich schaue seit viel zu langer Zeit bloß noch aus dem Fenster und sehe, was draußen und anderen passiert, ohne dass sich bei mir aber Wesentliches ereignet.

Ich überlege, was mir im laufenden Jahr an Aufregendem widerfahren ist, und muss feststellen, dass da nicht eben viel zusammenkommt. Ich gehe chronologisch vor und beginne mit dem Januar: Unsere Katze wurde überfahren; man hatte sie halb tot am Straßenrand liegen gelassen, im von ihrem Blut rot gefärbten Schnee. Das Tier hatte sich dann offenbar noch bis ins Gebüsch geschleppt, man konnte seine traurige rote Spur sehen, von der Straße bis ins Gestrüpp, wo es dann schließlich verendet war. Nina und ich fanden sie am späten Abend, nachdem wir drei Stunden nach ihr gesucht hatten. Noch nie in meinem Leben habe ich jemanden so gehasst wie den Menschen, der dafür verantwortlich war. Tagelang war ich schlecht gelaunt und kaum ansprechbar, so dass ich sogar für einen Tag meine Buchhandlung schloss und ein Schild an die Ladentür klebte: *Wegen Trauerfall geschlossen*. Als sich dann ein Kunde am Tag darauf erkundigte, was denn genau passiert sei und ich ihn mit betretener Miene über den Vorfall aufklärte, da konnte sich der andere ein Schmunzeln nicht verkneifen, was ich beleidigt als Herzlosigkeit quittierte und deshalb dem Mann später, beim Hinausgehen, das *Auf Wiedersehen* verweigerte.

Als Nächstes denke ich an die Geburt des ersten Kindes meiner Schwester Eva im März, dessen Patenonkel ich bin, und denke an Nina, die bei der Taufe in einem Gespräch mit meiner Schwester durchblicken ließ, dass auch sie durchaus im besten Alter sei und sich ein Kind wünsche, bloß ich sei dafür leider schwer zu begeistern. Ich stand derweil im Flur und hörte das Gespräch der beiden Frauen in der Küche zufällig und unbeabsichtigt. Mit einem kleinen Schrecken registrierte ich Ninas Äußerung: Wir kannten uns gerade ein halbes Jahr – wie konnte sie da schon solche Wünsche äußern? Das ging mir alles zu schnell.

Im April lernte ich auf einer Party einen jungen Schriftsteller kennen, dessen Bücher ich sehr mochte, und lud ihn spontan zu einer Lesung in meine Buchhandlung ein. Dieser Schriftsteller entpuppte sich dann allerdings als eine etwas wundersame Type; es vergingen keine zwei Stunden, da war der Mann schon sternhagelvoll und redete unablässig und laut auf mich ein. Es war widerlich, wie er mich mit seinem schlechten Atem und seiner verschmierten Brille bedrängte, und ich bereute schon bald, seine Bekanntschaft gemacht und ihn vorschnell zu der Lesung eingeladen zu haben. Zwar wich ich alle Augenblicke einen halben Meter zurück, doch es war zwecklos – der Mann ließ sich nicht beirren und rückte mir im nächsten Augenblick wieder auf den Pelz. Ich machte nur halbherzig Werbung für die Veranstaltung, konnte aber nicht verhindern, dass jede Menge Kunden und Kulturinteressierte meinen Laden stürmten. Und dann das: Der Schriftsteller las nicht, wie sowohl auf der Party als auch später telefonisch mit mir vereinbart, aus seinem neuen Buch, sondern trug zu meinem völligen Entsetzen unveröffentlichte Gedichte vor, die so banal und abgeschmackt waren, dass noch während der Veranstaltung einige der Zuhörer aufstanden und gingen. Außerdem hatte sich der Schriftsteller zwei Flaschen Wein erbeten, die er schon in der ersten Stunde vollständig leerte, so dass er die letzten Gedichte bloß noch lallen konnte. Zu allem Überfluss läutete einmal sein Handy in der Hosentasche, und ich war fassungslos, als der Bursche dann tatsächlich seinen Vortrag unterbrach und für zwei Minuten in den Nebenraum verschwand, um mit seinem Agenten zu sprechen. Nach diesem ganz und gar missglückten Abend las ich jede Zeile dieses Schriftstellers anders, und alle Zuneigung und Schwärmerei für ihn und seine Bücher sind seither unwiederbringlich verloren gegangen.

»Das war's«, sage ich leise zu mir selbst, »das war mein Leben in diesem Jahr.« Das war nicht nur nicht viel, sondern auch nichts in irgendeiner Weise Positives: Unsere Katze ist tot. Nina wünscht sich ein Kind, wovon ich wiederum nichts wissen will. Der Leseabend mit dem Dichter – die erste Veranstaltung dieser Art in meiner Buchhandlung – war eine Pleite.

Die Zeiten müssen besser werden.

Und zwar sofort.

Drei

In der Nebenwohnung streiten die Krohns, unsere Nachbarn. Vielleicht irre ich mich, aber ich habe den Eindruck, sie legen ihre Zwistigkeiten in schöner Regelmäßigkeit auf den Samstagmittag, wie auch heute wieder, wobei *sie* – man kann es auch ohne zu lauschen durch die Wand hören – bei ihrem Gezeter stets auf dasselbe Vokabular zurückgreift. Und tatsächlich (ich habe schon darauf gewartet), man kann es jetzt zweistimmig krakeelen hören, ihr Mann stimmt mit ein in ihre Schimpferei, als hätten sie es abgesprochen, und bringt sie dadurch natürlich erst recht zur Raserei. Ich schaue auf die Uhr: Seit etwa fünf Minuten tönen sie herüber. In der Regel dauert ihre Vorstellung nicht länger als eine Viertelstunde, und wie beim *Fade out* im Radio, wenn die Musik gegen Ende leiser wird, so drosseln auch die Nachbarn allmählich ihre Lautstärke, bis man schließlich nichts mehr von ihnen hört.

Vor einer Woche bin ich den Krohns unmittelbar nach ihrem Samstagmittagsstreit im Hausflur begegnet, ihre Flüche der vergangenen Viertelstunde noch im Ohr. »Schönen guten Morgen!«, riefen sie mir beide fröhlich zu und liefen singend und pfeifend an mir vorbei, und ich habe ernsthaft überlegt, ob ihr Streit, der wenige Augenblicke vorher noch durch die Wohnungswände donnerte, womöglich bloße Einbildung gewesen war.

Leider gehören die Krohns zu jener Art Menschen, die man immer mal wieder irgendwo trifft, unvorbereitet und unverhofft. Nina und ich sind ihnen vor einiger Zeit zufällig in der Volksbühne über den Weg gelaufen; sie luden uns nach dem Stück in ihre Stammkneipe ein (»Hier wird Darts gespielt!« stand draußen an der Tür auf einem Schild – Nina und ich haben uns nur angesehen und schon das Schlimmste befürchtet), und ab halb drei Uhr morgens in jener Nacht waren unsere Nachbarn nicht mehr Herr und Frau Krohn, sondern bestanden darauf, von nun an mit ihren Vornamen angesprochen zu werden, was ich allerdings, wenn ich sie im Hausflur oder im Supermarkt treffe, regelmäßig vergesse und deswegen von Frau Krohn – »Mensch, Hannes, ich bin doch die Annegret!« – einmal scherzhaft und in gespielter Empörung geohrfeigt wurde.

Nina legt jetzt die Zeitung beiseite und kriecht unter die Decke; ich ziehe mir Jeans und Hemd aus und schlüpfe zu ihr. Sie blickt mich an, nur ihr Kopf guckt unter der Bettdecke hervor. Vor Wohlsein bekomme ich eine Gänsehaut und überlege, ob ich nicht auch so etwas zu der Klasse der großen Ereignisse des laufenden Jahres zählen darf, die ich eben aufgelistet habe. *Ja, vor allem die*, denke ich. Kleinigkeiten dieser Art werden lediglich zur Kenntnis genommen, werden genossen und wieder vergessen, dabei gebührt doch gerade ihnen erhöhte Aufmerksamkeit. Irgendwann habe ich in einem Kalender mit weisen Sprüchen, den ein Kunde in meinem Laden bestellt, aber nicht abgeholt hat, geblättert und war auf folgendes Zitat gestoßen: »Viele Menschen verpassen das große Glück, weil sie das kleine nicht sehen wollen.« *Genauso ist es*, denke ich jetzt, und überlege kurz, ob ich meine Meinung über solche Spruchkalender vielleicht überdenken sollte.

Neben mir höre ich Nina atmen, gleichmäßig und leise, ein und aus, und dann schlafe ich, im selben Rhythmus atmend wie sie, langsam ein.

Irgendwann klingelt es an der Tür. Wie so oft bin ich sofort wach und klar bei Sinnen: Unmittelbar nach dem Weckerläuten morgens bin ich beispielsweise in der Lage, ein Buch zu lesen, mich auf die Nachrichten im Radio zu konzentrieren oder mir einen Plan für den Tag zu machen. Nina, die immer etwas länger braucht, um wieder richtig zu sich zu kommen, findet das jedesmal erstaunlich. Jetzt passt es ihr aber ganz gut: »Gedumalaufmachn.«

Binnen einiger Sekunden bin ich auf den Beinen und an der Tür. Vor mir steht ein junger Mann, der in einem altmodischen braunen Cordanzug steckt und erschreckend groß ist, so dass ich gleich einen Schritt zurückweiche und etwas eingeschüchtert durch den Türspalt äuge. Der Mann fragt mich, ob ich mir schon einmal Gedanken um die Auferstehungsgeschichte gemacht hätte, und beginnt, von Christus und der Kreuzigung zu erzählen. Ich wundere mich – warum erzählt der mir so etwas ein halbes Jahr nach Weihnachten? Obwohl der Mann sehr eindrucksvoll vom Berge Golgatha berichtet, höre ich gar nicht richtig hin, sondern bemerke, dass der Mann zwei völlig unterschiedliche Gesichtshälften hat: Das linke Auge zum Beispiel ist schmaler als das andere, die rechte Wange voller als die linke und außerdem eindeutig stärker behaart. Zwar habe ich wenig Lust auf das Gespräch, dass der Bibelmann nun mit hoffnungsvollem Blick sucht, denn ich kann mir denken, worauf das hinausläuft, doch dieser Mann interessiert mich wirklich, und während mein Gegenüber weiter von verloren gegangenen Werten und Tugenden spricht, die gerade jetzt, nicht lange nach Fronleichnam, so wichtig wären, studiere ich eingehend seine Gesichtsphysiognomie.

Wir stehen wohl schon fünfzehn Minuten im Hausflur, als Nina von drinnen nach mir ruft. Ich habe jetzt ohnehin genug gesehen und nicke dem Mann kurz und knapp, aber nicht ohne entschuldigendes Halblächeln zu, womit ich so etwas wie Bedauern über das abrupte Ende der Unterhaltung ausdrücken will. Ich nehme ihm sogar noch zwei Heftchen ab und schubse dann die Tür ins Schloss, die mit einem Krachen zufällt, was ich gar nicht beabsichtigt habe. Deshalb öffne ich sie nochmals so geräuschvoll wie möglich und schließe sie dann leise. Es ist mir unangenehm, mit der lauten Tür den Eindruck zu erwecken, da würde jemand fortgejagt.

Wir sitzen in der Küche, Nina gießt mir Kaffee in einen Becher, und ich überlege, wohin meine Reise eigentlich gehen soll. Mir wird klar, dass ich noch immer im Dunkeln stehe mit meinem Plan und wenig ausrichten kann, wenn Nina mich gleich mit großen, besorgten Augen anschaut, sobald ich von meinen halb garen Überlegungen spreche.

Ich erzähle erst einmal von meinem Friseurbesuch und von dem Bettler und der Caro-Kaffeedose, während Nina dabei am Radioknopf dreht und ihren Lieblingssender nicht finden kann. Schließlich rücke ich mit der Sprache heraus und sage, ich wolle mit ihr ein paar Tage fortfahren.

»Etwas stimmt nicht mit mir«, sage ich und schaue dabei aus dem Fenster, »ich muss andere Luft atmen!« Nina blickt mich verwundert an, ich schaue zurück, und dann steht sie plötzlich auf und nimmt mich in die Arme.

»Hannes, mein Lieber«, höre ich sie sagen, »was ist bloß mit dir?« Natürlich hat sie bemerkt, wie still ich geworden bin in der letzten Zeit. Bin ich das?

Nina sagt, ihr sei aufgefallen, dass ich die Abende viel öfter zu Hause verbracht habe, anders als sonst wenig gelesen und viel ferngesehen hätte. »Im Theater sind wir seit zwei Monaten nicht mehr gewesen«, meint sie, und selbst das Kino hätte ich gemieden. Habe ich das?

Ja, das habe ich! Es ist nicht so, als ob mir meine Stimmungsschwankung erst heute Morgen im Café aufgefallen ist. Und natürlich habe ich gemerkt, dass ich in letzter Zeit lieber zu Hause bleibe und etwas lethargisch geworden bin. Aber erst jetzt, in genau dem Moment, in dem Nina es ausspricht, habe ich das Gefühl, dass das Unwohlsein, das mir im Nacken sitzt, wirklich da ist, immer da ist und nicht nur so ein Moment, der einen überkommt und der sofort wieder verschwunden ist.

»Hannes, was ist denn mit dir?«

Ich raufe mir die Haare und beginne wirr zu reden von meinem Ärger über den unzuverlässigen Philip und von dem undankbaren Bettler, spreche von den anstrengenden letzten Wochen in der Buchhandlung; nur von der Begegnung mit Isabell auf der Party erzähle ich nichts.

»Ich muss ein bisschen zur Ruhe kommen«, sage ich. »Lass uns wegfahren. Irgendwohin! Das ist genau das, was ich jetzt brauche!«

Nina hat sich wieder auf ihren Stuhl gesetzt und beginnt jetzt, sich in der Hand ein Brötchen zu schmieren. »Und was genau hast du vor?«, fragt sie, und: »Wo willst du denn hinfahren?« und: »Wie lange?« Sie fragt mich nach der Buchhandlung und will wissen, ob ich die denn auch in meinen Plan einbezogen hätte. Ich aber höre ihr gar nicht zu, sondern beobachte sie, und einmal mehr glaube ich zu bemerken, wie unterschiedlich wir beide doch sind: Sie nämlich streicht geschickt zwei-, dreimal mit dem Messer über das Brot, und alles ist perfekt, ich dagegen brauche immer viel länger dafür, bis ich es genau so habe, wie ich es will.

Vor mir auf dem Tisch steht der Salzstreuer mit den Reiskörnchen darin; ich nehme ihn und drehe ihn unter dem Küchentisch um, so dass ich das Salz auf den Fußboden und auf meine Schuhe rieseln höre. Das leise Geräusch beruhigt mich, Nina aber nimmt mir den Streuer wieder aus der Hand. Sie sieht mich jetzt nicht mehr liebevoll und besorgt an, sondern ernst. Sie stellt den Salzstreuer energisch und geräuschvoll zurück auf den Tisch, schaut mir direkt ins Gesicht und wiederholt dann ihre Fragen, leise, aber bestimmt. »Wann, Hannes? Wie lange? Und warum?«

»Ich weiß es doch selbst noch nicht«, gebe ich zu. »Hast du nicht eine Idee?« Und dann sprudelt es einfach nur aus mir heraus. »Die Buchhandlung, die kommt schon ein paar Tage ohne mich aus. Hendrik schafft das, er ist ja wieder gesund und munter! Und außerdem haben wir doch jetzt diese Aushilfe, habe ich das nicht erzählt? Sie ist sechsunddreißig und studiert immer noch Philosophie, aber die ist wirklich klasse. Von den meisten Büchern kennt sie zwar nur den Klappentext, doch ihre Verkaufsgespräche sind eine Wonne: Sie spricht mit einer Begeisterung über Bücher, die sie gar nicht gelesen hat, das ist beeindruckend!«

Nina sieht mich nur ratlos und kopfschüttelnd an. »Eigentlich habe ich in einer halben Stunde eine Verabredung mit Stefanie in Wedding«, sagt sie, »aber ich glaube, ich bleibe besser bei dir.« Als sie schon zum Telefonhörer greift, um das Treffen abzusagen, dränge ich sie, die Verabredung einzuhalten. Nachdem ich so viel geredet habe – mehr, so fällt mir jetzt auf, als in den letzten Tagen, von den Verkaufsgesprächen im Laden einmal abgesehen – freue ich mich auf das Alleinsein und die Ruhe, fast so, als hätte ich bereits einen anstrengenden und langen Tag hinter mir.

Nina kündigt an, in spätestens zwei Stunden wieder zurück zu sein und geht schließlich zögerlich und besorgt. Ich fühle mich wie ein kranker, bettlägeriger Schulbub, dessen Mutter beruhigend versichert und verspricht, nur kurz einkaufen zu gehen und bald schon wieder zurück zu sein. Irgendetwas ist nicht in Ordnung, und selbst ein Blick in den vollen Kühlschrank (manchmal hilft das!) kann mich jetzt nicht beruhigen.

Ich gehe ins Arbeitszimmer. Nina hat die Post dieses Tages auf meinen Schreibtisch gelegt. Ein Brief meiner Eltern ist dabei; sie leben in Hannover und kündigen einen Besuch für die nächste Woche an. Ich werde sie am Abend anrufen und bitten müssen, ihr Kommen um ein paar Wochen zu verschieben. Auch von Alexander, einem Schulfreund, der inzwischen in London lebt, ist eine Karte gekommen. Alexander ist Goldschmied und hat seit einem Jahr im Stadtteil Islington eine eigene Werkstatt. Einmal im Jahr findet eine Messe in Berlin statt, auf der auch er mit seinem Schmuck vertreten ist, und in vier Wochen ist es wieder soweit. Alexander fragt, ob er diesmal während der Messe bei mir wohnen könne. Ich nehme ein Blatt Papier und einen Füller, um ihm zu antworten, dass er natürlich gerne zu uns kommen kann. Dann aber streikt der Füller, und ich lege alle wieder beiseite. Den Brief kann ich auch nachher noch schreiben.

Im Schlafzimmer lege ich mich aufs Bett und schnüffele an den Decken und Kissen. Ninas Seite duftet nach gewaschenen Haaren und Parfüm, nach ihrem Körper, nach ihrem Hals und ihren Achseln. Ich rieche ihre Hände und ihren Blick, rieche ihren Gang und ihr Schlafgesicht, das ich manchmal in der Nacht anschaue. Ich rieche ihre Umarmungen und ihre Wange an meiner, rieche unsere erste Verabredung und unsere erste Nacht.

Ich will aufzählen, was ich mag an ihr, liege noch immer auf dem Bett, starre an die blaue Decke und entdecke dort eine Stelle, die ziemlich nachlässig gestrichen ist; die weiße Grundfarbe schimmert noch durch. Diese blaßblaue Stelle verwirrt mich kolossal und lenkt mich ab von meinen Überlegungen, zumal mir einfällt, dass ich es gewesen bin, der seinerzeit dieses Zimmer gestrichen hat. Wie stolz war ich, dass ich es an einem einzigen Nachmittag geschafft hatte – und wie seltsam, dass mir diese Stelle gerade heute und gerade jetzt zum ersten Mal auffällt!

Ich stehe auf, setze mich in die Küche, nehme Papier und Bleistift und mache mich an die Aufzählung. Ich bin gespannt, welche Dinge mir als Erstes einfallen werden, erhoffe mir auch etwas Ordnung und Ruhe von dieser Liste. Vor jeden neuen Punkt male ich einen kleinen Punkt und sehe zwischendurch, wenn ich nachdenke, aus dem Fenster.

Ich mag an Nina:
- *ihren festen Willen*
- *ihre Stimme*
- *die Art, wie sie auf dem Bett sitzt und ihre Fußnägel schneidet und dabei summt*
- *die Bücher, die sie liest und die so gut zu ihr passen*

- *wie sie die Bücher abends immer neben ihr Kopfkissen legt, so dass sie am nächsten Morgen mit verschlagener Seite auf dem Boden liegen*
- *wie sie sich am Telefon meldet*
- *den Duft ihrer Haare*
- *wie sie von ihrer Kindheit erzählt (muss schön gewesen sein)*
- *ihre festen Schritte auf dem Holzfußboden unserer Wohnung*
- *die Art, wie sie rennt und tanzt*
- *ihr schlechtes Orientierungsvermögen, besonders beim Autofahren*
- *ihre geschlossenen Augen und ihren sanften Gesichtsausdruck, wenn wir zusammen schlafen*
- *ihre kleinen Ohren*
- *ihre Hände mit den schmalen langen Fingern*
- *ihre Briefe*
- *wie sie immer auch von meinem Teller isst*
- *ihre Schrift*
- *ihre Einkaufszettelchen, auf denen sie ihre eigenen Notizen nicht lesen kann*
- *über sie zu sprechen*
- *ihren Namen von anderen ausgesprochen zu hören*
- *Geschichten über sie erzählt zu bekommen (zum Beispiel von ihren Eltern)*
- *sie bei einem Kundengespräch in der Bank zu belauschen*

Nach dieser letzten Eintragung habe ich keinen Platz mehr auf dem Blatt, und als ich es umdrehe, sehe ich, dass auf der Rückseite bereits etwas geschrieben steht. Ich erkenne Ninas Schrift; es ist eine Nachricht für mich von vergangener Woche:

Essen ist im Ofen – bin beim Yoga und anschließend mit Gitta im Kino.
Tschüss – Nina

steht da in großen Buchstaben. Wie ein Paar, das sich schon eine kleine Ewigkeit kennt, denke ich gerührt und wünsche mir, es wäre tatsächlich so, wünsche, dass alles, was mich bremst, schon viel weiter zurückliegt, wünsche mir, dass Isabell endlich aus meinem Leben verschwindet, und wünsche mir ganz einfach ein bisschen mehr Glück.

Mit dem Zeigefinger zeichne ich auf dem Blatt ihre Schrift nach, Buchstaben für Buchstaben, Punkt für Punkt. Schließlich drehe ich das Blatt wieder um und füge meiner Liste in kleiner Schrift am Rand hinzu:

- *ihr Schlafgesicht*
- *ihre Kleider auf der Kleiderpuppe*
- *ihre Angst vor großen Hunden*

- *ihren Gesichtsausdruck, wenn sie einem großen Hund begegnet*
- *wie sie meine Hand drückt, wenn wir einem großen Hund begegnen*

Nina, Nina, Nina ... Ich freue mich auf sie und auf den Moment, wenn sie zurückkommt, und schlafe mit dem Kopf auf ihrem Kissen und einer Hand auf ihrem *Tschüss-bis-morgen-früh*-Nachthemd ein, mit angewinkelten Beinen, Rist auf Rist.

Irgendwann werde ich unsanft von einem seltsamen Geräusch geweckt; ich schrecke hoch, laufe in die Richtung des Lärms und lande in der Küche, wo der Wasserkessel auf dem Gasherd pfeift. Schnell stelle ich das Gas ab, gieße das Wasser in den Kaffeefilter, der schon mit Kaffeepulver gefüllt neben dem Herd bereit steht, und rufe nach Nina. Offenbar ist sie inzwischen zurückgekehrt und hat das Wasser aufgesetzt.

Niemand antwortet. Daraufhin gehe ich durch die Wohnung, schaue ins Wohnzimmer, ins Bad und ins Esszimmer, aber Nina ist nirgends zu finden. Noch verwunderter als vorher setze ich mich in die Küche und esse zwei Erdbeerjoghurts. Meine Lust, mir eine vernünftige Mahlzeit zuzubereiten, ist wie immer ziemlich bescheiden, mein Hunger jedoch augenblicklich groß, und deshalb esse ich auch noch einen dritten Joghurt.

Nina ist eine gute Köchin, die in mir einen stets dankbaren und tüchtigen Esser findet, obwohl es mir im Grunde genommen ziemlich gleichgültig ist, was ich zu mir nehme. Als Nina einmal mit Gitta im Skiurlaub war, habe ich mich während ihrer Abwesenheit fast ausschließlich von Müsli und Brot ernährt. Es mangelt mir nicht bloß an Talent zum Kochen, ich bin obendrein auch zu faul, mich eine Stunde in die Küche zu stellen, um anschließend gerade mal zehn Minuten zu essen, zumal es mir ohnehin egal ist, wie ich meinen Bauch fülle, wenn es nur halbwegs gesund ist.

Auch jetzt fehlt mir, wie gesagt, jegliche Lust. Nicht einmal die Suppe vom Vortag, die noch im Topf auf dem Herd steht, mache ich mir warm, sondern schneide bloß ein Stück Brot ab und esse es dann trocken.

Den Tag trotz des Kummers meistern zu wollen, den Rhythmus zu behalten, Dinge zu erledigen – das alles gelingt mir nach wie vor nur schlecht. In dieser Hinsicht kann ich von Philip allerhand lernen – der nämlich lässt sich so leicht nicht ins Bockshorn jagen. Vor einem Monat ist er durch das erste Staatsexamen gefallen, weil er den Klausurtermin zum zweiten Mal verschlafen hatte. Die Schuld aber war seines Erachtens nicht bei ihm zu suchen, sondern bei seiner Großmutter, die ihm am Abend vor der Prüfung riet, warmes Bier mit Honig zu trinken, das sei ihrer Meinung nach die absolute Garantie für eine ruhige Nacht. Philip aber ist schlecht davon geworden (er hat sich übergeben müssen); er schlief dann erst in den frühen Morgenstunden ein (natürlich ohne sich den Wecker gestellt zu haben) und wachte schließlich auf, als seine Freundin mittags anrief, um sich zu erkundigen, wie denn die Prüfung verlaufen sei. Philip wollte dann noch seine Großmutter anrufen, um sich über ihr fatales Hausmittel zu beklagen; ich konnte ihn schließlich davon abhalten und erklärte ihm, dass er vermutlich das Bier ganz einfach zu heiß getrunken habe, denn bei mir wirke dieses typische Großmutter-Geheimmittel durchaus Wunder. Am nächsten Tag besuchte ich ihn unangekündigt, um ihm in seiner zugegebenermaßen unschönen Situation Trost zu spenden, und war verblüfft über die Erdbeertorte, die er sich gebacken hatte und die noch warm auf dem Küchentisch stand. Als Philip von seiner Prüfungsmisere erzählte, dachte ich, dass niemand tatsächlich am Boden zerstört ist, solange er sich noch selbst eine Erdbeertorte backt. Jemand, der *dazu* imstande ist, gibt sich so schnell nicht geschlagen. Ich bewunderte ihn dafür und war sogar ein bisschen stolz auf ihn. *Ich werde ihn nachher anrufen*, nehme ich mir vor, und fülle mir ein Glas mit Leitungswasser. Plötzlich klingelt das Telefon.

»Hallo?«

»Ich bin's!« Es ist Nina. Sie sagt, sie habe beim Kaffeekochen bemerkt, dass sie versehentlich Stefanies Wohnungsschlüssel eingesteckt hat. Deshalb sei sie noch einmal zu ihr gefahren und komme erst später als angekündigt zurück, weil sie sich nun noch Stefanies Urlaubsfotos anschauen wolle (im Hintergrund höre ich jemanden lachen und nach ihr rufen, es klingt in meinen Ohren allerdings eher nach einer Männerstimme).

»Dann warst du das mit dem Wasserkessel?«

»Na klar!« Sie lacht. Den Kessel habe sie absichtlich nicht vom Herd genommen, damit ich von seinem Pfeifen geweckt würde, denn die Wohnung müsse aufgeräumt werden. »Dieses Wochenende bist ganz eindeutig du an der Reihe! Ich bin in spätestens einer Stunde zurück und freue mich schon jetzt auf eine blitzsaubere Badewanne!«, warnt sie und hängt ein. Hatte sie mir nicht vorhin noch versprochen, sobald wie möglich zurück zu sein?

Ich gehe hinüber in die Küche. Allein die Vorstellung, jetzt irgendetwas erledigen zu müssen (das Bad putzen, Geschirr abwaschen, den Brief an Alexander und an meine Schwester Eva zu schreiben, die schon so lange auf eine Nachricht wartete), das alles bedrängt mich schon.

»Nimmt mich eigentlich niemand ernst?«, rufe ich durch die Wohnung.

Kennt mich der Dieb meines Fahrrades womöglich, von meiner Harmlosigkeit gelockt? Und Philip, der da heute nicht gekommen ist oder jedenfalls zu spät, bin ich dem so gleichgültig? Jetzt fällt mir auch die Marktfrau vom Vormittag wieder ein – wie ungeduldig war die, als ich in meinem Portemonnaie nach dem Geld für das Obst suchte, und wie freundlich und ruhig dann aber zu dem nächsten Kunden! Selbst der Bettler auf der Straße, mit der Caro-Kaffeedose vor sich, hat doch kaum ein Zeichen der Freude oder des Dankes gezeigt, als ich ihm das Geld in die Dose warf!

Als ich mir einen Kaffee eingießen will, schütte ich mir dabei etwas auf meine Hose, was umso ärgerlicher ist, als ich sie einen Tag vorher erst gewaschen habe. Schnell ziehe ich sie aus, versuche, mit einem Geschirrtuch das Gröbste zu beseitigen und hänge sie dann im Badezimmer zum Trocknen auf.

Zurück in der Küche, schaue ich aus dem Fenster und sehe im gegenüberliegenden Haus die Nachbarin: Sie steht nackt vor dem Badezimmerspiegel und cremt sich das Gesicht ein. Ich kann sie nicht so genau erkennen und setze mich auf die Fensterbank; fast hätte ich mir ein Fernglas geholt. Dann dreht sich die Nachbarin um, blickt aus dem Badezimmer und sieht mich am Küchenfenster stehen. Mir bleibt fast das Herz stehen, als ich bemerke, dass sie mich offenbar ertappt hat. Ich tue so, als beobachtete ich die spielenden Kinder im Hof, fürchte jedoch, sie hat längst erkannt, zu welcher Sorte ich gehöre.

Tue ich das wirklich?

Ganz egal, meine Scham ist grenzenlos, als mir bewusst wird, dass ich bloß in der Unterhose am Fenster stehe, und mag mir gar nicht vorstellen, was passiert, wenn ich dieser Nachbarin das nächste Mal über den Weg laufe. Himmel, was bin ich doch für ein riesengroßer Trottel!

Auf dem Schreibtisch im Arbeitszimmer liegt noch immer der Bogen Papier für den Brief an Alexander. Vielleicht ist es besser, wenn ich mich jetzt ein bisschen ablenke und ihm schreibe, denke ich und ziehe die oberste Schublade des Schreibtisches auf, in dem die Kugelschreiber liegen. Was ich hier jedoch finde, ist etwas ganz anderes. Auf einem Blatt Papier steht bloß ein einziger Satz geschrieben:

Es war schön mit Dir, und ich freue mich schon sehr auf das nächste Mal!
Dein Florian!

Himmel, was ist das jetzt? Ich schaue nach dem Datum – der Brief ist vier Tage alt. Dann suche ich nach dem Briefkuvert, suche Namen und Adresse, doch in der Schublade ist nichts zu finden, und auf dem Brief steht bloß dieser eine Satz. Mir wird heiß, und mein Herz rast.
    Nina? Nein.
    Nein!
    Nein?
    Jetzt fällt mir ein, dass sie in letzter Zeit häufig erst später als sonst üblich aus der Bank kam, angeblich wegen Überstunden. Natürlich habe ich es ihr geglaubt, so wie ich Nina eigentlich alles glaube. Was aber, wenn dieser Florian der wirkliche Grund war? Und was sagte Frau Krohn neulich zu ihr, als wir sie nach dem Einkaufen im Treppenhaus antrafen? Nina und die Krohn waren sich letzte Woche im Kino begegnet, und Frau Krohn (»Annegret, Hannes, Annegret!«) erkundigte sich tags darauf, ob Nina und ihrem Bruder

der Film auch so gut gefallen habe. Nina aber ist ein Einzelkind, und ich habe die Krohn (Annegret) nicht ernst genommen, weil sie gern phantasiert und oft schon vormittags recht durstig ist. Außerdem ist Nina häufig mit ihrer Freundin Gitta im Kino (in der Küche liegt noch der Zettel mit der Nachricht), und *die* sieht mit ihrem Kurzhaarschnitt tatsächlich aus wie ein Mann. Jedenfalls für eine wie die Krohn.

Was aber, wenn Nina ihren Florian kurzerhand als den Bruder ausgegeben hat? Alles passt zusammen – die angeblichen Überstunden, der Kinobesuch, der Brief, und dann das Männerlachen eben am Telefon! Was gibt es da noch zu überlegen und zu zweifeln?

Sechs Wochen brauchte Isabell damals, um mir von dem anderen zu erzählen: Sechs Wochen hatte sie ein Verhältnis, und ich hatte nichts bemerkt.

Ich stelle mir vor, wie Nina in einer Stunde zurückkommen wird und ich sie noch im Flur zur Rede stelle. Sie gibt alles zu: Florian kennt sie schon seit ihrer Banklehre, und plötzlich hat es gefunkt zwischen ihnen, sie hat es selbst nicht glauben wollen, weshalb sie mir zunächst auch nichts davon erzählt hat. Nun aber, wo ich sie so direkt danach frage, könne sie es nicht länger verschweigen: Ja, sie hat sich in ihn verliebt, sie möchten zusammenziehen, und wir beide müssen unbedingt Freunde bleiben ...

Ich laufe aufgeregt durch die Wohnung. Im Augenblick kann ich nichts anderes tun, als auf Nina zu warten, aber wer weiß, wann sie zurückkommt, es kann noch Stunden dauern! Ich gehe zum Telefon, wähle Stefanies Telefonnummer und lege sofort wieder auf. Was, wenn sie sagt, Nina wäre den ganzen Tag nicht bei ihr gewesen?

Ich setze mich auf die Couch im Wohnzimmer und stelle den Fernseher an und im nächsten Augenblick wieder aus, gehe in die Küche und schmiere mir ein Brot, obwohl ich nicht den geringsten Appetit habe, blicke aus dem Fenster in den Hof und sehe einen Nachbarn laut pfeifend an seinem Moped basteln. Das macht mich unwahrscheinlich wütend. »Von wegen!«, rufe ich laut. O nein, ich werde allein und ohne Nina fahren, und zwar jetzt und sofort! Ich werde *nicht* auf Nina warten, und ich werde auch Philip nicht anrufen, auf den ich heute schon eine ganze Stunde warten musste. »Ich werde auf nichts und niemanden mehr warten!« – das war doch heute Vormittag noch mein Vorsatz. Von jetzt an gilt es, sich daran zu halten!

Ich greife zum Telefon. Hendrik, mein Kompagnon, meldet sich nach dem dritten Klingeln. Ich bitte ihn, die nächste Woche in der Buchhandlung ohne mich zu bestreiten, sein Bein sei doch wieder so weit in Ordnung? Dann murmele ich etwas von dringendem Verwandtenbesuch und bin froh, dass der gute Hendrik in treuer und prompter Dienstbereitschaft nichts weiter hinterfragt. Ich werde ihm alles später erklären, jetzt habe ich keine Lust zu weitschweifigen Ausführungen.

Ich nehme mir ein paar Klamotten aus dem Schrank, gehe hinüber ins Bad, suche dort mein Waschzeug zusammen, stopfe alles in einen kleinen Koffer und verlasse eilig die Wohnung. Als ich in meiner Jackentasche nach dem Hausschlüssel suche, entdecke ich stattdessen den Füller für Nina, der Schlüssel dagegen liegt noch immer auf der Kommode im Flur! Das fängt gut an. Ich stecke den Füller durch den Briefschlitz und höre ihn in der Wohnung auf den Boden fallen.

Im Hausflur laufen mir prompt die Krohns über den Weg, Arm in Arm kommen sie mir entgegen, und auch jetzt rügen sie mich in gespielter Strenge, weil ich, abwesend und in Eile, erneut in das *Sie* verfalle. »Wohin soll denn die Reise gehen?«, erkundigt man sich neugierig, als ich mit dem

Koffer im Treppenhaus stehe. Mir aber ist nicht im Mindesten nach Erklärungen zu Mute und suche im Drei-Treppenstufen-Rhythmus eilig das Weite.

Mir geht dieser Brief nicht aus dem Sinn, und als ich dann zur nächsten U-Bahn-Station laufe, bin ich noch so aufgeregt, dass ich einen Kunden, der dreimal in der Woche in meine Buchhandlung kommt und der jetzt stehen bleibt und mich anspricht, gar nicht beachte und grußlos an dem vorbeiziehe. Auf einem Werbeplakat lese ich: *Das Leben ist schön!,* und denke: Was für eine Frechheit, was für eine Einmischung in mein Leben!

Aus einer Telefonzelle rufe ich meinen Freund Sebastian in Paris an und frage, ob ich eine Woche bei ihm bleiben könne. Sebastian aber hat zur Zeit Besuch von seinem Freund aus Hamburg, da ist natürlich kein Platz mehr für mich, zumal die beiden frisch ineinander verliebt sind. Schade, Paris wäre eine gute Adresse gewesen. Und es ist wie verhext: Auch bei Thomas in München, bei Olav in Osnabrück und bei Max in Hamburg habe ich keinen Erfolg.

In meiner Not wähle ich die Nummer von Fabian; er wohnt zwar auch in Berlin, in der Bergmannstraße in Kreuzberg, um genau zu sein, aber er ist meine letzte Hoffnung. Zum Glück ist er zu Hause, in der letzten Zeit nämlich habe ich ihn nie erreicht.

»Sag mal, ist bei dir alles klar?« Fabian wundert sich, dass ich für ein paar Tage zu ihm ziehen will, und fragt, was passiert sei, ich aber gehe gar nicht darauf ein und wiederhole bloß ungeduldig meine Frage: »Kann ich für ein paar Tage bei dir wohnen?«

»Und wann willst du kommen?« Er klingt nicht unbedingt begeistert.

»Jetzt gleich«, antworte ich.

»Ist bei dir auch wirklich alles in Ordnung?«

Ich antworte nicht. Nach einem unendlich langen Schweigen sagt Fabian schließlich: »Okay, du weißt ja, wo ich wohne. Allerdings muss ich noch was erledigen, aber in einer Stunde kannst du kommen.«

Ich hänge wieder ein, starre das Telefon an, wähle dann abermals Fabians Nummer und bedanke mich umständlich bei dem Verdutzten.

Vier

Jetzt habe ich also eine Stunde Zeit. Zurück in die Wohnung kann ich nicht, die Schlüssel liegen auf der Kommode im Flur. Also laufe ich zur nächsten U-Bahn-Station. Im Fenster einer Gaststätte in der Grunewaldstraße sehe ich ein Schild:

HIER GEPFLEGTE BIERE!

lese ich. Was hat man sich darunter vorzustellen? Ist es ein Hinweis auf eine bestimmte Zapftechnik? Oder ist hier vielleicht die Bedienung besonders fesch? Ich weiß es nicht. In diesem Augenblick fällt mir wieder einmal auf, dass ich eine ganze Menge nicht weiß, und dann zähle ich auf: Ich weiß nicht, wann Beethoven geboren und gestorben ist oder wer vor drei Jahren Deutscher Fußballmeister wurde. Ebenso wenig habe ich eine Ahnung, wo genau in den USA Chicago liegt und wo die Kykladen. Ich kann keinen defekten Wasserhahn reparieren und bin außerdem nicht in der

Lage, einen Reifen an meinem Auto zu wechseln. Anschließend stelle ich fest, dass ich unbedingt *mehr* wissen muss. *Es muss Schluss sein mit diesem stupiden Halbwissen und meinem Unvermögen,* sage ich mir, mache sogleich den Anfang damit und gehe in das Restaurant, um hier ein *gepflegtes Bier* zu bestellen. Ich hoffe, auf diesem direkten Wege zu erfahren, was darunter zu verstehen ist. Doch als ich dann eintrete und mir dichter Zigarettennebel und lautes Gelächter entgegenschlägt, das für mich in einer solchen Umgebung immer auch etwas Verzweifeltes und Hoffnungsloses und Totes hat, mache ich auf dem Absatz wieder kehrt und kann mir nicht vorstellen, dass es an diesem Ort irgendetwas gibt, das *gepflegt* wird, es sei denn ein trauriger und zäher Abgang.

Auf einer Straßenbank finde ich ein Markstück und will es schon einstecken, laufe dann aber zu einer Telefonzelle und rufe Nina an. Fünfmal lasse ich es läuten – ich zähle mit –, aber niemand meldet sich. Nina ist also noch immer nicht zurück!
Was mag sie wohl in diesem Augenblick tun?
Ich habe jetzt wieder dieses Männerlachen in den Ohren und wähle die Nummer ihrer Freundin Stefanie, deren Urlaubsfotos sie sich anschauen wollte. Bei Stefanie nimmt auch niemand ab.

Da hast du's, sage ich mir, *vermutlich kommt Florian, der verliebte Briefeschreiber, gerade auf seine Kosten!* Wieder rufe ich zu Hause an. Nach dem sechsten Läuten schaltet sich der Anrufbeantworter ein. Ich spreche auf das Band, sage, ich flöge jetzt ein paar Tage zu Sebastian nach Paris und wisse außerdem Bescheid über alles, denn ich hätte den Brief entdeckt und gelesen und außerdem mit der Krohn gesprochen, die mir so allerhand Neuigkeiten erzählt hätte (was natürlich geschwindelt ist). Damit soll Nina nun erst einmal fertig werden. Was mich allerdings ärgert, ist, dass ich mich vor Aufregung zweimal verspreche und meinen Satz von neuem beginnen muss. So ist es also gesprochen und kann nicht gelöscht und revidiert werden. Wie kläglich ist es, eine solche Nachricht zu hinterlassen! Ninas Gesichtsausdruck beim Abhören meiner Nachricht mag ich mir gar nicht vorstellen. Dann rufe ich bei Sebastian in Paris an, erkläre ihm meine Lage und sage ihm, dass Nina mich in den nächsten Tagen bei ihm glaubt, wobei er dieses Spiel unbedingt mitspielen müsse. Er mag zwar nicht, aber ich kann ihn schließlich doch überreden, indem ich ihn daran erinnere, dass ich vor einem Jahr seinem damaligen Freund Hans-Jörg erzählt habe, Sebastian wäre bei mir in Berlin, während er tatsächlich aber mit einem Kerl namens Jean-Pierre durch Südfrankreich getrampt ist.

Ein paar Straßen weiter entdecke ich die *Vitamin-Tankstelle*, ein Bistro, und setze mich an einen der runden Tische. Als die Bedienung kommt, habe ich noch immer nicht in die Karte geschaut, weil ich mir vorzustellen versuche, wie jemand ausschaut, der sich Namen wie *Vitamin-Tankstelle* ausdenkt, und muss die Frau vertrösten. Sie sieht mich gelangweilt an und schlurft hinter die Theke zurück. Schließlich winke ich sie wieder heran und bestelle einen Orangensaft, der mir dann aber nicht schmeckt.

Auf der anderen Straßenseite ist eine Buchhandlung. Ich kann durch das große Schaufenster der *Vitamin-Tankstelle* hinüberschauen. *Gedankenwind* lese ich über der Eingangstür und befinde, dass jemand, der eine Buchhandlung *Gedankenwind* nennt, unverzüglich hinter Gitter gehört. Vielleicht ist es der gleiche Bursche, der auch für die Erfindung der Namen *Vitamin-Tankstelle* und *Krehaartiv* verantwortlich ist?

Im Laden, dessen komplette Front aus Fenstern besteht, sehe ich viele Menschen um die Bücherstapel herumstehen, die sich lieblos auf den Tischen und selbst auf dem Fußboden türmen. Immer wieder tritt jemand versehentlich gegen diese Stapel, die dann umzufallen drohen. Diese Stapel Bücher aber, die da so schief stehen, sie fallen *nie* um; irgendjemand schiebt sie nämlich jedes Mal mit dem Fuß wieder notdürftig gerade, bis dann der Nächste dagegentritt. Einige langen lustlos mal nach diesem, mal nach jenem Buch, die auf den Tischen liegen, und schmeißen es nach kurzer Begutachtung wieder zurück auf den Stapel.

Mir fällt jetzt hier in der *Vitamin-Tankstelle* der Philosoph Martin Heidegger ein, der einmal den Niedergang der Kunstwerke beklagt hat. Diese nämlich würden bloß wie Kohlen aus dem Ruhrgebiet verschickt, von einer Sammlung in die nächste. Bei dem Anblick dieser Buchhandlung verstehe ich sehr gut, was der Heidegger meint: Auf einigen Stapeln liegt dreißigmal dasselbe Buch – wie soll man da noch das Gefühl haben, eine Entdeckung zu machen? »Die Bestseller«, doziert Hendrik regelmäßig, »sind die Umsatzbeschleuniger.«

»Die Lieblingskinder der Buchhaltung«, setze ich dann immer entgegen. Die Ladenhüter dagegen sind die traurigen Gewinnblockierer, die Nieten der Gewinnklasse, die schwarzen Schafe in der Geldherde.

In meiner Kindheit gab es ein Buch, das ich

über alles geliebt und viele Male gelesen habe. Ich erinnere mich an die Ernüchterung, als ich mit meiner Mutter in einer Buchhandlung gestanden und dieses Buch im Schaufenster liegen gesehen habe, war ich doch bis dahin der Überzeugung gewesen, ich wäre der einzige Leser dieses Buches, und es wäre allein für mich geschrieben worden. Kann man denn bei dem Anblick dieser Büchertürme überhaupt noch auf einen solchen Gedanken kommen? Und wenn der Heidegger heute noch lebte, würde er vielleicht etwas gegen Namen wie *Gedankenwind*, *Vitamin-Tankstelle* und *Krehaartiv* unternehmen?

Ich sehe jetzt, wie einige Kunden im Stehen blättern, andere im Laden herumschlendern, hier und dort unlustig stehen bleiben und gelangweilt dreinschauen, und will schon wieder zu der hübschen Kellnerin der *Vitamin-Tankstelle* schauen, die gerade ihre große weiße Schürze mit Orangensaft bekleckert, der aus der undichten Obstpresse herausgespritzt ist, als ich zwei Jungs in der Sitzecke der Buchhandlung entdecke. Sie schauen beide in das gleiche Buch, das einer von ihnen in der Hand hält. Ich habe schon lange nicht mehr jemanden *so* lesen sehen; die beiden sind vollkommen unempfindlich für ihre Umwelt. Hat der eine fertig gelesen, so nickt er kurz (er ist wohl der langsamere Leser), der andere blättert daraufhin um, und es kann weitergehen. Nichts interessiert mich jetzt mehr, als herauszubekommen, was genau sie da lesen, doch aus dieser Entfernung kann ich natürlich nichts erkennen.

Ich bezahle meinen Saft, lasse das halb volle Glas stehen und gehe zu ihnen hinüber. Da hocken sie noch in der Sitz-ecke, die beiden Leser, und nun sehe ich, was sie da in der Hand halten: Es ist ein Buch, das auch mir einmal viel bedeutet hat, doch das ist viele Jahre her, ich habe es seitdem nicht wieder angerührt. Es geht darin um jemanden, der alles, was ihm widerfährt, viel zu ernst und zu wichtig nimmt, bis er erkennt, dass der Humor ihm einen Ausweg aus seiner Zerrissenheit und seinem Lebensüberdruss bietet: der *Steppenwolf* von Hesse.

Gilt das nicht auch alles für mich?, überlege ich, kaufe mir spontan die Taschenbuchausgabe und mache mich auf den Weg zur U-Bahn-Station Rathaus Steglitz. Als ich aber, während ich dort auf die Bahn warte, die ersten Seiten lese, überkommt mich ein unwohles Gefühl, und so schlage ich das Buch wieder zu. Irgendwann setzt sich eine junge Frau neben mich auf die Bank, und als sie aufsteht, um sich am Bahnhofskiosk eine Zeitung zu kaufen, stecke ich ihr das Buch kurzerhand in ihre Sporttasche, die sie hier vertrauensselig stehen gelassen hat.

Wie es der Zufall will, sitzt die junge Frau mit meinem Buch in der Tasche wenig später direkt neben mir in der Bahn. Als sie nach ein paar Minuten ihre Tasche öffnet, fällt ihr das Buch entgegen. Verwundert blickt sie auf den Titel, schlägt es dann auf und beginnt darin zu lesen. Soll ich sie aufklären, dass ich es war, der ihr das Buch zugesteckt hat? Ich beschließe, es für mich zu behalten.

Plötzlich bekomme ich Lust zu lesen, und zwar genau in diesem Buch, das ich ihr vor fünf Minuten zugesteckt habe. Aber so ist es eigentlich oft mit mir: Erst durch den Verlust einer Sache, und wenn es auch die banalste ist, erkenne ich ihren Wert. Auf einer U-Bahn-Fahrt vor einigen Wochen fand ich eine Tageszeitung, blätterte zuerst ein bisschen darin und legte sie schließlich wieder zurück. Bei der nächsten Station stiegen einige Leute zu, einer von ihnen nahm neben mir Platz und schlug genau dieselbe Zeitung auf, in der ich kurz vorher gelesen hatte. Dann aber entdeckte ich einen Artikel darin, der mich wirklich interessierte und las über die Schulter des Sitznachbarn mit.

Jetzt sitze ich also neben dieser Frau mit meinem Buch, in dem sie noch immer liest. Irgendwann knickt sie die Ecke der entsprechenden Seite als Lesezeichen ein und schlägt es zu. Mich trifft der Schlag: Hätte ich gewusst, dass es an eine so lieblose Leserin gerät, eine, die gewissenlos und brutal die Ecken abknickt, dann hätte ich es ganz sicherlich nicht an sie verschenkt! Ich bin ehrlich empört, wie die mein Buch behandelt, und beinahe hätte ich sie über alles aufgeklärt und es zurückgefordert. Das aber lasse ich dann doch lieber bleiben.

Plötzlich fällt mir auf, wie schön meine Buchschänderin ist. Sie trägt keine Ringe, weder am Ohr noch an den Fingern. Ihre braunen schulterlangen Haare glänzen, bestimmt duften sie gut. Besonders ihr Mund gefällt mir, imposant groß ist der. Ich stelle mir vor, wie sie lacht – das ganze Gesicht, da bin ich mir sicher, wird dann nur noch aus Mund zu bestehen scheinen. *Die gehört nicht zu jenen Frauen, die verlassen werden,* denke ich, und diese Erkenntnis macht sie mir gleich fremder. Mein Herz schlägt eher für die Verlierer und die Zu-kurz-Gekommenen.

Während ich sie jetzt gedankenverloren aus dem Waggonfenster schauen sehe, stelle ich sie mir als Kind auf dem Schulhof mit einer Freundin beim Seilspringen vor, beim Diktat, beim Einschlafen mit der Mutter am Bettrand; als Heranwachsende auf der ersten Party, mit dem ersten Freund, beim Sport, in der Tanzschule; als Abiturientin auf der Abschlussfeier, in der Fahrschule, mit dem ersten eigenen Auto, im Studium und später im Job; als etwa Dreißigjährige in der U-Bahn in Berlin, neben ihr ein junger Mann im gleichen Alter, der sich vorstellt: sie als Kind, als junges Mädchen, als Frau ...

»Können Sie mir sagen, wie spät es ist?« Ich erschrecke über ihre tiefe Stimme und sage ihr die Uhrzeit. Drei Stationen später steigt sie aus, die Männer in unserem Abteil blicken ihr geschlossen nach (einer schielt ihr aus den Augenwinkeln nach, denn seine Freundin sitzt neben ihm). Minuten später haben wir auch meine Haltestelle erreicht. Schnell raffe ich meine Sachen zusammen und verlasse die Bahn.

Fünf

Nun bin ich in Kreuzberg, bei meinem Freund Fabian Messmann, der hier eine Werbeagentur leitet. Fabian hat bis vor einem Monat an einem Fernsehspot gearbeitet, den eine Tütensuppenfirma in Auftrag gegeben hat. Dreimal in der Woche rief er mich an, um mir seine Ideen zu präsentieren und meine Meinung zu hören. Verabreden konnte man sich mit ihm allerdings kaum noch, er war immer im Stress, und manchmal passierte es sogar, dass er in der Agentur übernachtete. Und das alles wegen Tütensuppe!

Vor zwei Wochen sind seine Anrufe dann ausgeblieben, und wenn ich versuchte, Fabian zu erreichen, lief bloß sein Anrufbeantworter, und die Tür öffnete auch niemand. Vielleicht ist es nicht unbedingt die glücklichste Wahl, mich ausgerechnet bei ihm einzuquartieren? Egal, ich muss weg, und er ist ganz einfach meine letzte Hoffnung. Keine Ahnung, was mit ihm los ist, aber er wird es mir schon noch verraten. Fabian hat inzwischen sogar seine Anrufbeantworteransage geändert, und *wie* er sie geändert hat, sagt eigentlich schon alles: Die frühere Ansage, die immer ziemlich vergnügt klang (»Hallo, das ist der Anschluss von Fabian Messmann, ich bin gerade nicht da, habe aber einen Piepton zurückgelassen!«) ist einem Hinweis gewichen, der knapper gar nicht ausfallen kann – seine Ansage besteht jetzt nur noch aus den drei Worten »Messmann – Piep – Sprechen!« In der Agentur hieß es bloß, er habe sich Urlaub genommen.

Fabian und ich waren auf demselben Gymnasium. Ich war ein ziemlich guter Schüler, Fabian dagegen eine absolute Niete; er ist beim Abitur im ersten Anlauf gescheitert, und es war allein der eifrigen Unterstützung seiner Freunde zu verdanken, dass er es doch noch ein Jahr später geschafft hat. Fabian war ein As im Schwimmen und auf dem Fußballplatz und somit der Liebling aller Sportlehrer – die Mathematiklehrer dagegen schauten grundsätzlich weg, wenn sie ihm auf dem Schulhof begegneten. Vor sechs Jahren, gleich nach seiner Lehre als Druckvorlagenhersteller, die er mit Ach und Krach hinter sich brachte, gründete er zu unser aller Erstaunen mit drei anderen Freunden seine Werbeagentur *Messmann & friends*. Zwei

Jahre später gründeten sie bereits ein zweites Büro in Hamburg.

Kürzlich erzählte mir Fabian, bei dem letzten Klassentreffen habe er sich zwei Stunden mit unserem alten Lateinlehrer unterhalten, der einmal unter eine Klausur statt einer Note bloß *Ohne Hoffnung – Dr. Mertens* geschrieben hatte. Fabian meinte, die Tatsache, dass er jetzt mit dem alten Lateinlehrer so nett habe plaudern können, sei ihm eine echte Beruhigung, denn manchmal, wenn er heillos ins Grübeln komme, dann fiele ihm dieser Lateinlehrer und sein *Ohne Hoffnung – Dr. Mertens* wieder ein, und auch, wie der über Fabians Leistungen immer nur den Kopf geschüttelt habe, so sehr, dass seine fleischigen Wangen dabei mitgewackelt hatten.

Trotz des beruflichen Erfolgs, seines Porsche (ein knallgelber) und seiner neuen Wohnung (einhundertvierzig Quadratmeter) in der Bergmannstraße in Kreuzberg hat sich Fabian eigentlich nicht verändert: Er geht noch immer regelmäßig zur Blutspende und in dieselben Kneipen wie früher. Seit vier Jahren ist er mit der gleichen Frau zusammen. Katharina arbeitet in einem Berliner Verlag als Sachbuch-Lektorin, wohnt in Berlin-Mitte und weigert sich seit geraumer Zeit hartnäckig, mit Fabian zusammenzuziehen, weil sie es nicht erträgt, wenn er manchmal erst um zwei Uhr morgens aus der Agentur kommt. Fabian besitzt einundzwanzig Bücher (ich zähle regelmäßig nach), die Taschenbuch-Gesamtausgabe Max Frischs und drei Lexika inbegriffen. Die ersten vier Seiten des *Fänger im Roggen* kennt er im Original auswendig, Kleists *Prinz Friedrich von Homburg*, das noch aus der Schulzeit stammt, hat er schon mehrfach geflickt und geklebt; er bringt es nicht übers Herz, es wegzuschmeißen. Was er hat, bewahrt er auf, bis es regelrecht auseinander fällt – Schuhe lässt er immer wieder neu besohlen, Pullover stopft und Hosen flickt er. Seine inzwischen legendäre grüne Jacke, vor vier Jahren in Wien gekauft, wo er Katharina kennen lernte, ist an einigen Stellen schon mehr als bloß abgetragen, der Reißverschluss wurde bereits zweimal ausgetauscht und die Taschen sind mehrfach eingerissen und wieder genäht. Einmal hat er das gute Stück sogar wieder aus dem Altkleidercontainer gefischt, der an der Straße stand, nachdem Katharina sie ohne sein Wissen hatte weggeben wollen. Sie wusste nicht, ob sie lachen oder schimpfen sollte, als er die Jacke am nächsten Tag wieder trug. Mir scheint es inzwischen fast so, als hätte ich Fabian nie mit einer anderen Jacke gesehen, und ich bin sicher, er würde die auch in den nächsten vier Jahren noch tragen.

Ganz im Gegensatz zu Philip kann man sich auf Fabian immer verlassen. Als ich ein paar Wochen nach der Trennung von Isabell mit Fabian nach Italien fuhr – ein Freund von ihm hat dort ein Haus, in dem wir wohnen konnten –, hatte er für uns tatsächlich für jeden Tag ein ausgeklügeltes Fitness-Programm zusammengestellt: Morgens, noch vor dem Frühstück, liefen wir eine halbe Stunde im Stadtpark, nachmittags wurden im Freibad eintausend Meter geschwommen, und wenn die Sonne unterging, sind wir aufs Rad gestiegen. Hinterher war ich dann immer so erschöpft gewesen, dass ich augenblicklich einschlief, außer Stande, noch über irgendetwas nachzudenken. Natürlich sprachen wir auch über Isabell, und Fabian, der liebste und beste Freund, hörte mir immer geduldig zu, auch bei meiner achten Wiederholung der immer selben Geschichte. Und er hörte nicht nur zu, sondern brachte es auch fertig, kein betretenes Gesicht dabei zu machen und versuchte immer wieder aufs Neue, mich zu beruhigen: »Das Leben geht weiter, Hannes, nur eben in eine andere Richtung.« Und an dem Tag, als wir zurück nach Berlin fuhren, sagte Fabian zu mir: »Hannes, du kannst grübeln, so lange du willst, am Ende wird dir doch immer klar werden, dass alles Wichtige schon in dem abgeschmacktesten Kalenderspruch steht!«

Niemand öffnet mir, als ich vor Fabians Tür stehe und zum dritten Mal klingele. Von einer Telefonzelle rufe ich in seiner Agentur an, aber auch dort kann mir niemand helfen. »Fabian ist vor etwa einer Stunde gegangen«, wird mir gesagt, »vielleicht kommt er noch einmal zurück. Versuchen Sie es später noch einmal!«
Nie! Wieder! Auf! Jemanden! Oder! Irgendetwas! Warten!
Ich laufe zurück, klingle bei der Wohnung neben Fabians und bitte den Nachbarn, meinen Koffer bei ihm abstellen zu dürfen. Als ich an ihm vorbei in seinen Flur schiele, überkommen mich leise Bedenken, ob mein Koffer bei dem Mann auch wirklich in guten Händen ist, denn sein Flur ist tapeziert mit den Playmates der Jahre 79 bis 98.

Es ist vier Uhr. Ich laufe die Bergmannstraße hinauf, Richtung Mehringdamm. Wie schon am Vormittag am Winterfeldtplatz ist auch hier mächtig viel Betrieb, bloß dass es hier weniger Designerbrillen- und Anzugträger gibt und auch weniger Handys klingeln. Überall sitzen die Leute vor den Cafés, überall wird geschwatzt und gelacht, aus den Plattenläden und den vorbeifahrenden Autos mit den heruntergekurbelten Seitenscheiben kommt laute Musik, und irgendwie habe ich den Eindruck, dass hier jeder jeden kennt. Ich überlege, ob ich mich in eines der Cafés setzen soll, doch so wie es aussieht, finde nicht einmal ich irgendwo einen freien Platz. Auch draußen an den Tischen ist alles voll; einige haben sich mit ihrem Bier sogar auf den Bordstein gesetzt oder auf die Kühlerhaube ihres Wagens.

Jemand hinter mir ruft meinen Namen, ich drehe mich um, doch man hat gar nicht mich gemeint, und ich gehe weiter. Schließlich stehe ich vor einem Kino, gehe hinein und kaufe mir wahllos eine Karte, damit ich in den nächsten zwei Stunden beschäftigt bin. Als ich in dem Kino sitze und auf die große Leinwand starre, wo in diesem Augenblick die Werbung beginnt, fällt mir plötzlich ein Gedicht aus dem Mittelalter ein. Ich habe allerdings vergessen, von wem es ist; ich grübele und grübele – und schon ist mir nichts wichtiger, als herauszubekommen, wer dieses Gedicht geschrieben hat. So sehr ich mich aber auch anstrenge, ich komme einfach nicht drauf und werde darüber fast wahnsinnig, weil sich das Gedicht wie ein immer gleicher Refrain in meinem Kopf festgesetzt hat.

> *Dû bist mîn, ih bin dîn:*
> *des solt dû gewis sîn.*
> *dû bist beschlozzen*
> *in mînem herzen;*
> *verlorn ist daz sluzzelîn:*
> *dû muost och immer darinne sîn.*

Himmel, da sitze ich hier in diesem Kino in Kreuzberg, denke unentwegt an dieses Gedicht und grübele mich in einen schleichenden Wahnsinn, weil mir der Verfasser partout nicht einfallen will!

Du bist mein, ich bin dein, dessen sollst du gewiss sein ... Neben mir sitzt ein alter Mann in Anzug und Krawatte und mit einem Hut auf dem Kopf, in Begleitung eines kleinen Mädchens *(Du bist beschlossen in meinem Herzen)*, seine Enkelin vermutlich, die auf ihrem Sitz aufgeregt hin und her rutscht und dann die riesige Popcorntüte fallen lässt. Fast hätte ich ihn jetzt gefragt, ob *er* mit dem Gedicht etwas anfangen kann *(Verloren ist das Schlüsselein)*. Der alte Mann steht auf und kehrt nach ein paar Minuten mit einer neuen und etwas kleineren Tüte zurück. Noch bevor der Film beginnt, ist er schon eingeschlafen, erschöpft sitzt er da, auf seinem Arm die kleine Hand der Enkelin *(Jetzt musst du immer darinnen sein)*. Das Mädchen starrt gebannt mit offenem Mund auf die Leinwand, das alles verschlägt ihr offenbar die Sprache, ihre Hand liegt noch immer auf dem Arm des Großvaters und kneift ab und zu aufgeregt hinein. Dieses Bild beruhigt mich ungemein, ich sehe immer wieder zu den beiden hinüber.

Nach der Werbung dauert es ein paar Minuten, bis der Hauptfilm beginnt: Im Kino gehen die Lichter wieder an, man hört leise Musik aus den Lautsprechern und wartet. Nach fünf Minuten werde ich allerdings nervös, denn ich bin in dieses Kino gegangen, um mich unterhalten zu lassen, Nina und den verliebten Briefeschreiber Florian für zwei Stunden zu vergessen und auf amüsante Weise die Zeit totzuschlagen, bis Fabian endlich zurückkommt. Was ich aber ganz bestimmt *nicht* will, ist Lenny Kravitz aus den Lautsprechern zu hören, der einem weismachen will, die Liebe sei das Allergrößte.

Endlich wird die Musik wieder abgestellt, der Film beginnt. Schon nach zwanzig Minuten merke ich, dass mich das alles gar nichts angeht. Bloß als dann einmal jemand in einem Badezimmer vor dem Spiegel steht und sich rasiert, und ich bemerke, dass der Mann dabei den Wasserhahn unentwegt laufen lässt, da hätte ich ihn beinahe aufgefordert, den Hahn endlich abzudrehen. So eine Verschwendung, denke ich aufgeregt, und versuche, mich auf das schaumverschmierte Gesicht des Mannes zu konzentrieren. Doch es gelingt mir nicht, immer wieder sehe ich das Wasser aus dem Hahn laufen, es läuft und läuft, und ich werde immer unruhiger.

Ich zähle: Die Treppe, die der Mann jetzt hinaufsteigt, hat *zwölf* Stufen. Neben dem Bett stehen *vier* Bücher. Auf dem Boden stehen *sechs* Paar Schuhe. *Acht* Handtücher liegen im Schrank. *Elf* Bilder hängen an der Wand im Flur. Ich zähle alle Gegenstände, die ich sehe, ganz automatisch; ich zähle alles, was sich nur irgendwie zählen lässt. Dann sehe ich eine sehr hässliche Frau auf der Leinwand, ich erschrecke sogar ein wenig wegen ihrer Hässlichkeit, gleichzeitig aber denke ich, dass auch sie ihre Hässlichkeit womöglich bloß spielt. Als ein kleiner Junge vor einem Fahrstuhl steht und auf den Lift wartet, immer wieder ungeduldig auf den Knopf drückt und verzweifelt nach oben schaut, weil er offenbar ein dringendes Bedürfnis hat, der Lift aber einfach nicht kommen will, verliere ich die Nerven und sehe zu, dass ich aus dem Kino verschwinde. Nicht nur, dass ich das Warten auf etwas oder jemanden satt habe, ich ertrage es ebenso wenig, einen Menschen ungeduldig warten zu *sehen*, wie hier im Film den Jungen vor der Fahrstuhltür.

Beim Aufstehen stoße ich gegen das Knie des Alten neben mir und er schreckt hoch. Ich entschuldige mich umständlich und laut, »Setz dich hin, du Depp!«, kommt es aus der Reihe hinter mir, und dann spielen sie in diesem furchtbaren Film auch noch ein Lied, dieses *eine* Lied, ich erkenne es sofort, keine zehn Noten lang kann ich es ertragen: Es ist eine Melodie, die ich von Isabell kenne, *A good heart* von Feargel Sharkey. Nichts ist so unmittelbar mit ihr verbunden wie dieses Lied, es gibt nichts sonst, das mich so direkt und ausschließlich an sie erinnert, und bei der Vorstellung, dass sich das auch nie ändern wird, fühle ich mich oft wie eingesperrt. Als ich vor einem Jahr mit einem gemieteten Umzugswagen in meine neue Wohnung in der Ackerstraße in Berlin-Mitte fuhr, wurde im Radio prompt dieses Lied gespielt; ich musste am Seitenstreifen anhalten und konnte erst nach zwanzig Minuten weiterfahren. Damals dachte ich: *Wenn ich irgendwann diese Melodie wieder ertragen kann, dann ist es vorbei, dann kann mir nichts mehr etwas anhaben!* Noch ist es aber nicht so weit, ich stolpere an dem Alten vorbei, durch die Reihe, die Treppe hinauf, und endlich bin ich draußen.

Auf der Straße steht eine Frau mit einem Kinderwagen vor den Schaufenstern eines Kleidergeschäftes. Ihr Baby schreit aus vollem Halse, sie aber kümmert sich gar nicht darum, sondern sieht sich ruhig und aufmerksam die Auslagen in den Fenstern an, die in diesem Augenblick ausgewechselt werden. Den Puppen drinnen werden Umstandskleider übergestülpt. Offenbar hält der Dekorateur auf Anstand, denn abschließend zieht er jeder Puppe einen Ring über den Finger.

Die Frau mit dem Kinderwagen hat eine lange, dicke Zigarre im Mund. Sie sieht aus wie eine Witzfigur mit ihrem schreienden Kind in dem Wagen und dieser grotesken dicken Zigarre, und einen Moment denke ich tatsächlich, dass der Film hier auf der Straße weitergeht und sie auch bloß eine Rolle spielt.

Ich spaziere die Bergmannstraße hinauf bis zum Marheinekeplatz hinter der Markthalle. Kinder sind auf dem Spielplatz und veranstalten dabei einen Höllenlärm. Sie spielen Verstecken. Ein Mädchen ist in eine der fünf großen Bronzen, die vor der Markthalle stehen und aussehen wie zwei Meter hohe Sahnekännchen, geklettert und brüllt nun wie am Spieß, weil es nicht wieder herauskommt. Schließlich aber wird es doch befreit; einer der Jungen schält sich aus seinem Pullover und zieht damit das Mädchen aus dem bronzenen Sahnekännchen.

Aus einer Telefonzelle versuche ich wieder, Fabian in der Agentur zu erreichen. »Er ist nicht da«, sagt mir eine Frauenstimme, »und ich glaube auch nicht, dass er noch kommt.« Ihre Stimme nimmt einen vertraulichen Ton an. »Außer mir ist überhaupt niemand hier, schließlich ist heute Samstag.« Es ist eine andere, viel tiefere Stimme als vorhin. Mein Herz schlägt schneller, als ich sie sprechen höre. Wie die wohl singt? Ich würde ihr gerne eine weitere Frage stellen, um ihre Stimme noch ein bisschen hören zu können, aber es ist bereits alles gesagt: Fabian ist nicht in der Agentur. Ich hänge ein und versuche es wieder mit seiner Privatnummer. Endlich nimmt er ab.

»Mein Nachbar hat gerade mit deinem Koffer vor der Tür gestanden«, sagt Fabian, nachdem wir uns begrüßt haben. »Ich hoffe, da war nichts Wertvolles drin? Der Typ ist nicht ganz koscher.« Ich verneine, denn an meinen Pullovern und Hosen dürfte der Mann wenig interessiert sein. Ich sage, dass ich in zehn Minuten bei ihm sei, und frage, ob alles mit ihm in Ordnung sein, denn er hört sich komisch an, ich erkenne das sofort. Mitten im Satz aber höre ich schon das Freizeichen, Fabian hat tatsächlich grußlos und abrupt eingehängt! Ich kann es nicht fassen.

Warum bestimme nicht ich die Spielregeln? Muss ich mir das wirklich gefallen lassen? Ich weiß nicht, wie lange ich noch in dem Telefonhäuschen stehe mit dem Hörer in der rechten Hand und nicht glauben kann, dass Fabian einfach aufgelegt hat, und ich warte noch eine Weile darauf, dass er sich in der nächsten Sekunde wieder meldet, weil er sich bloß einen Spaß mit mir erlaubt hat. Schließlich aber klopft jemand an die Scheibe des Häuschens und bedeutet mir mit Handzeichen, dass er telefonieren wolle. Ich habe die Zelle noch nicht ganz verlassen, da drängelt sich der Mann auch schon an mir vorbei.

Sechs

Viermal muss ich klingeln, bis Fabian endlich die Tür öffnet und mich mit verschlafenem Blick und in einem fleckigen, offenen Bademantel, unter dem er bloß eine rote Schlafanzughose ohne Oberteil trägt, hereinbittet.

»Da bist du ja!« Fabian lächelt ein bisschen gezwungen und meint, er sei erst vor einer Viertelstunde aufgestanden; ein Stromausfall habe seinen Radiowecker außer Gefecht gesetzt. Er sei von dem Klingeln des Nachbarn aufgewacht, der ihm dann meinen Koffer vor die Nase gehalten und betont habe, wie gefährlich es streng genommen sei, fremder Leute Koffer aufzubewahren, denn man wisse ja nie, was sich in diesen Koffern befinde, am Ende sprenge dieser Koffer womöglich das ganze Haus in die Luft, und das habe man dann davon, wenn man aus purer Menschenfreundlichkeit fremder Leute Koffer aufbewahre. Ich frage mich zwar, warum Fabian von dem Klingeln des Nachbarn aufgewacht ist, sich von meinem Läuten vorher aber offenbar nicht stören ließ, doch ich lasse es gut sein.

Wir setzen uns in die Küche, Fabian schenkt uns aus einer schon geöffneten, halbvollen Flasche Sekt ein, der bloß noch mäßig perlt, und wir stoßen etwas unlustig und erschöpft an, wobei mir nicht ganz klar ist, *worauf* wir eigentlich anstoßen, denn zu Feiern gibt es nichts, im Gegenteil: Fabian in der Schlafanzughose und dem dreckigen Bademantel ist wirklich ein Bild des Jammers; unlustig steht er im Raum, sein Glas in der rechten, die Flasche in der linken Hand, seine Füße stecken in alten Filzpantoffeln, die an der Seite eingerissen sind, so dass man seine Zehen sehen kann (ich kenne diese Pantoffeln nicht, sie zählen ganz sicher nicht zu den Gegenständen, an denen er bis zur Übertreibung hängt). Durch den Schlitz in der Schlafanzughose lugt sein Penis hindurch, und wäre das alles nicht so traurig, hätte ich laut gelacht bei seinem Anblick.

In der Wohnung herrscht ein heilloses Durcheinander: Überall auf dem Fußboden sind Zeitschriften und Kleider verstreut, und es riecht nach Alkohol und kaltem Zigarettenrauch, obgleich Fabian das Rauchen schon vor Jahren aufgegeben hat. Einige Vorhänge sind noch zugezogen, die

Fenster schmutzig. Im Schlafzimmer läuft laut ein Radio.

Ich erzähle von der U-Bahn-Fahrt und von der Frau, die neben mir in der Bahn saß, doch alle Versuche, eine Plauderei in Gang zu bringen, sind vollkommen zwecklos – Fabian interessiert das alles überhaupt nicht. Außerdem ist er durch den kleinen Fernseher abgelenkt, der vor ihm auf dem Bücherregal steht und läuft.

»Könntest du die Kiste wohl endlich abstellen?«

»Die läuft schon den ganzen Tag«, meint Fabian. »Ich freue mich immer, wenn ich einen Spot sehe, den wir in der Agentur gemacht haben.« Auch bei ihm im Büro stehe ein kleiner Fernseher, und es würde ihn jedes Mal motivieren, wenn er einen dieser Werbefilme sähe. »Andere schmeißen Pillen oder koksen, mich turnen meine Werbespots an«, sagt er und grinst dabei. Ich schüttele verwundert den Kopf. Von da an bin ich außer Stande, noch weiter irgendetwas zu erzählen. Das einzige, wozu ich noch in der Lage bin, ist, auf stumpfsinnige Redewendungen zurückzugreifen, die ich sonst nur bei Kundengesprächen in meiner Buchhandlung kurz vor Feierabend verwende, und diese eingeübten Sätzchen machen jetzt alles nur noch fremder. Schließlich sage ich gar nichts mehr. Fabian scheint es überhaupt nicht bemerkt zu haben und starrt weiter hinüber zu dem Fernseher.

Als ich aufstehe, um ins Bad zu gehen, erschrecke ich, denn meine Schuhe sind ziemlich dreckig. Leider sieht auch Fabian die Spuren im Flur und den Dreck an meinen Schuhen, die ich schnell ausziehe.

»So, wie deine Wohnung im Moment aussieht, fällt das nun wirklich nicht besonders auf!«, versuche ich mich lahm zu verteidigen, als er zu schimpfen beginnt, aber Fabian ist bereits in die Küche gelaufen, um Eimer und Lappen zu holen. *Wieso ist der so aufgeregt?,* wundere ich mich und schaue mich um: Die Kommode ist verstaubt, die Blumen vertrocknet, in einigen Gläsern, die auf dem Esstisch und auf dem Fernseher stehen, sehe ich Reste von Rotwein und Zigarettenkippen. Trübe Aussichten sind das: Eigentlich habe ich gehofft, bei Fabian etwas zur Ruhe zu kommen, stattdessen herrscht hier das pure Chaos!

Meine Mutter hat immer gesagt, in einem unordentlichen Haus komme man zu keinen ordentlichen Gedanken. Hier bei Fabian sieht es ungefähr so aus wie in meinem Kopf. Nein, das alles verheißt nichts Gutes – aber ich habe wohl keine andere Wahl, als das Beste daraus zu machen. Also packe ich meinen Koffer aus, lege die Klamotten in den Schrank im Gästezimmer und gehe ins Bad. Hier herrscht dieselbe heillose Unordnung wie im Rest der Wohnung: Unterwäsche, Hemden und Socken liegen im Waschbecken und in der Wanne. Am Spiegel über der Spüle ist eine Ecke abgebrochen. Eine Zeitschrift liegt auf dem Spülkasten; als ich genauer hinsehe, erkenne ich, dass es ein Pornomagazin ist – Fabian hat sich nicht einmal die Mühe gemacht, es fortzuräumen! Ich will das Bad wieder verlassen, trete aber auf das abgebrochene Spiegelglasstückchen, das auf dem Boden liegt. Schnell ist alles voller Blut, es läuft auf den Fußboden, auf die dreckige Wäsche und auf den Badewannenrand, auf den ich jetzt meinen Fuß stelle. Es tut aber gar nicht weh, und ich schaue seltsam ruhig zu, wie ein kleines rotes Rinnsal von einem Fuß, der nicht wirklich zu mir zu gehören scheint, am Wannenrand hinunter bis zum Abfluss läuft. Ich fühle das Blut an meiner Fußsohle hinunterfließen und spüre den leisen Kitzel dabei.

Plötzlich steht Fabian mit der Sektflasche in der Hand im Bad und sieht mich mit der blutenden Wunde. Sofort ist er bei mir und erschrickt, als er die Schnittwunde sieht. Ich bin ehrlich gerührt über seine Besorgtheit und stumme Hilfe; er holt aus dem Schrank über dem Spiegel ein Antiseptikum und Pflaster, und alle Fremdheit zwischen uns ist für einige Augenblicke verschwunden. Ich hoffe, dass nun alles wieder ins Lot kommt, dass wir jetzt wieder eine Gemeinschaft sind: Gedanken erraten, wortlose Übereinkünfte – so hat es doch sonst auch funktioniert! Warum ist das jetzt nicht möglich? Ich würde ihm gerne von Nina erzählen, von dem Brief in der Schreibtischschublade und möchte wissen, was er von der ganzen Sache hält. Das aber scheint jetzt und hier nicht der rechte Augenblick zu sein, und ich zweifele, ob ich Fabian überhaupt davon erzählen kann – bei dem läuft zur Zeit offenbar auch vieles schief.

Wie ich da so dicht neben ihm auf dem Badewannenrand sitze, kann ich seinen Schweiß und seine ungewaschenen Haare riechen, sehe Schuppen auf seinem schmutzigen dunklen Bademantel und einen Mitesser in seinem Nacken. Alles passt zusammen: Das Chaos der Wohnung, die schmutzigen Fenster, der schmutzige Fabian.

Als er den Schnitt verarztet hat, bleibt er noch einen Moment vor mir sitzen und starrt ins Leere. Ich klopfe ihm auf die Schulter und denke: *Los, Fabian, rede mit mir,* er aber nickt bloß stumm, füllt einen Eimer mit Wasser und geht hinüber ins Wohnzimmer. Als ich nach einigen Minuten dazukomme, sitzt er noch immer über den Dreckschlieren, die meine Schuhe hier hinterlassen haben: Er hockt da im Schlafanzug, sein Bademantel liegt halb im Wassereimer mit der dampfenden Lauge; er aber kümmert sich gar nicht darum, sondern scheuert mit einem alten, durchlöcherten Lappen und in knallroten Gummihandschuhen auf dem Teppich herum, und als ich das sehe, muss ich lachen. Fabian dreht sich nach mir um, sieht mich wütend an, feuert mit ärgerlichem Schwung den Lappen in die Lauge, dass es spritzt, streift sich die roten Gummihandschuhe ab und sagt ernst und leise: »Ablösung!«

Himmel, das ist doch nicht Fabian! Ich kann mich nur wundern.

Schließlich sind alle Flecken entfernt, ich kippe das Wasser in die Toilette, stelle Eimer und Lappen unter das Waschbecken und gehe in das Zimmer, in dem meine Tasche steht. Zu meiner Überraschung finde ich dort Fabian im Bett liegen und schlafen. Plötzlich glaube ich zu wissen, was los ist mit meinem Freund, der überall seine Zeitschriften verstreut hat, der seit zwei Wochen das Geschirr nicht abgewaschen und das Handtuch im Bad nicht ausgewechselt hat, dem einfach alles egal ist und der selbst das Pornomagazin aus dem

Badezimmer nicht forträumt, wenn er Besuch erwartet: *Katharina hat ihn verlassen*, kommt es mir wie eine Erleuchtung in den Sinn. *Sie ist weg, sie hat ihn verlassen.* Deswegen hat er nichts von sich hören lassen, hat nicht angerufen und sich nicht blicken lassen. *Deswegen*, frage ich mich, *ist das denn auch das richtige Wort?* Bei mir jedenfalls wäre es andersherum: Ich hätte mich nun erst recht bei meinem Freund gemeldet, um mich auszusprechen, mir Rat zu holen.

Vielleicht will er bloß seine Ruhe?

Ich wecke ihn nicht, sondern lasse ihn im Bett liegen, ziehe mir seine grüne Jacke über, die in der Garderobe am Haken hängt, und verlasse die Wohnung.

Ich laufe wieder die Bergmannstraße hoch. Noch immer quellen die Cafés über vor Menschen; Musik und Geplauder kommt aus allen Ecken und übermütiges Gehupe von der Straße. Noch immer spielen die Kinder auf dem Spielplatz am Marheinekeplatz, hin und wieder ruft einer der Erwachsenen, die vor der Markthalle an den Tischen einer Kneipe sitzen, mahnende Worte zu ihnen herüber. Ich stehe lange vor einer Buchhandlung, in deren Fenster ausschließlich rote Bücher liegen, was mich merkwürdig beruhigt, so dass ich eine ganze Weile in dieses Fenster blicke, gehe dann weiter und komme an einem Bistro vorbei, in dem ein paar alte Männer vor einem Fernseher sitzen und sich ein Fußballspiel ansehen, setze mich schließlich auf eine Bank und lese eine Zeitung, die darauf liegt. Sie ist fast eine Woche alt, alle Meldungen sind längst überholt: Ich weiß, dass der Papst schon wieder gesund ist, die deutsche Fußball-Nationalmannschaft hat entgegen allen Befürchtungen ein wichtiges Spiel gewonnen, und der Wirbelsturm in den USA hat inzwischen mehr Tote gefordert, als die Zeitung letzte Woche noch verbreitet hat. *So muss sich ein Wahrsager fühlen*, denke ich, der um eine Woche Schlauere, beim Lesen der inzwischen überholten Nachrichten.

Ich stecke die Zeitung in einen Papierkorb und laufe die Bergmannstraße zurück, überquere den Mehringdamm, gehe weiter in die Hagelberger Straße, spaziere zum Kreuzberg, wo an dem Wasserfall Kinder plantschen, marschiere zum Viktoriapark hinauf und sehe einige Pärchen auf den Bänken sitzen und flüstern, gehe dann wieder hinunter und laufe kreuz und quer, mal links, mal rechts in eine Straße hinein. Überall, so scheint es, ist Leben und Glück.

Wo Nina jetzt wohl ist?

Schließlich meine ich, dass es Zeit ist, umzukehren, aber ich laufe dann nicht denselben Weg zurück, auf dem ich vorhin gekommen bin, sondern irre über eine halbe Stunde umher; immer wieder lasse ich mich von jemandem, den ich nach dem Weg frage und der die Bergmannstraße zu kennen glaubt, in die falsche Richtung lotsen, bis ich am Ende feststelle, dass Fabians Wohnung keine drei Minuten entfernt liegt – ich stehe auf derselben Straße, auf der ich auf dem Hinweg auch schon war. Jetzt aber bin ich aus einer anderen Richtung gekommen und habe die Straße darum gar nicht erkannt.

Ist es nicht auch so, dass ich bloß dann Herr der Lage bin, wenn ich weiß, was auf mich zukommt? Ich kenne – wenn überhaupt – bloß einen Ausweg, wenn ich vorher schon einmal dasselbe Problem gehabt habe. Es ist schon merkwürdig: Man kommt aus einer Richtung, und alles ist klar; man kommt aus einer anderen Richtung zum selben Punkt, und man begreift nichts mehr.

Ich werde Fabian fragen, was genau passiert ist, nehme ich mir vor, drücke auf die Klingel, doch sie ist abgestellt, und so klopfe ich mehrmals laut gegen die Tür. Gleich darauf höre ich es dahinter rumoren und Fabian steht vor mir. Er fragt gar nicht, wo ich gewesen bin, sondern klopft mir freundschaftlich auf die Schulter. Als ich die Wohnung betrete, bemerke ich, dass er inzwischen etwas Ordnung geschaffen hat: Die Gläser mit den Weinresten sind verschwunden, die Vorhänge aufgezogen, und auch das Badezimmer, in dem ich nun stehe, ist wieder sauber, und nichts erinnert hier noch an das wüste Durcheinander von vorhin.

Als ich nach dem Duschen das Wohnzimmer betrete, läuft kein Radio mehr und kein Fernseher. Ich höre Fabian im Nebenzimmer telefonieren; an seinem Tonfall erkenne ich, dass er mit einer Frau spricht, und wie als Bestätigung höre ich ihn dann den Namen *Lisa* sagen.

Plötzlich kommt ein Klopfen und ein leises Rufen von draußen. Ich öffne die Wohnungstür; vor mir steht eine junge Frau, die bei meinem Anblick – ich stehe mit nassen Haaren und im Bademantel vor ihr – etwas verwirrt dreinschaut.

»Hallo – ich bin Isolde. Ist Fabian da?« Sie streckt mir ihre Hand entgegen. Wie weich und warm die ist! Als sie ihren Namen nennt, denke ich im ersten Moment: *Das ist unmöglich!* – die einzige Isolde, die ich kenne, ist meine Cousine, eine stämmige kleine Frau mit immer ungewaschenen Haaren und einer tiefen Stimme. Diese Isolde hier ist dagegen groß und schlank und so ziemlich das Gegenteil von meiner Cousine. Sie gefällt mir gleich, und auch ihre Stimme mag ich auf Anhieb.

»Sag mal, habt ihr die Klingel abgestellt?« Isolde meint, sie habe sich schon den Finger wund gedrückt. Fabian sei, wie so häufig in letzter Zeit, nicht zu erreichen gewesen, und da sie vorhin keine Lust hatte, ihre dreitausendste Nachricht, die ohnehin nicht beantwortet würde, auf seinen merkwürdigen Anrufbeantworter zu sprechen, sei sie jetzt einfach vorbeigekommen. »Er ist schon zu Hause, oder?«

»Ist er!« Fabian kommt in diesem Moment dazu, er hat ihre Stimme gehört und umarmt sie, so als hätte er sowieso mit ihr gerechnet. Isolde sagt nichts, sondern schaut ernst über Fabians Schulter zu mir herüber, und ich habe nicht die geringste Ahnung, was hier eigentlich gespielt wird.

Isolde lädt uns zu einer Party ein, die am selben Abend bei einer Freundin in Dahlem stattfindet. Fabian zieht sich um, telefoniert noch einmal kurz und leise im Nebenzimmer, und wir machen uns in Isoldes rotem Mini auf den Weg. Sie fährt sicher und zügig, lenkt stets einhändig, lässt ihre Rechte mit den rot lackierten Fingernägeln auf dem Schalthebel, schaut einige Male in den Rückspiegel und lächelt mir zu. Ich sitze auf dem Rücksitz und bin jedes Mal ein wenig erschreckt, wenn ich plötzlich ihr Augenpaar im Spiegel sehe. Fabian sitzt stumm neben ihr, lässt sie reden, brummt bloß manchmal etwas und starrt abwesend aus dem Fenster.

Ich setze mich direkt hinter Isolde, so dass ich ihren hübschen, schmalen Hinterkopf mit den blonden Haaren und den dünnen, dunklen Strähnen dazwischen studieren kann. Jedes Mal, wenn sie den Kopf zu Fabian dreht, schaue ich sie von der Seite an, sehe den Haarflaum auf ihrer Wange und eine kleine Narbe an der Schläfe und freue mich ungeduldig auf eine Unterhaltung mit ihr, gleich, auf der Party.

Von der Seite ist sie noch hübscher, fällt mir auf. Einmal rieche ich schnell und vorsichtig an ihr, ich schnuppere an ihrem Hinterkopf und atme den Duft ihrer Haare und ihrer Haut ein; im selben Moment dreht sich Isolde zu Fabian hinüber, und ihre Haare streifen bei dieser Bewegung meine Wange. Glücklicherweise hat sie nichts bemerkt.

Nach einer halben Stunde haben wir das Haus von Isoldes Freundin erreicht. Ich bin ungeduldig wie lange schon nicht mehr – ungeduldig auf Menschen, auf Musik, auf fremde Stimmen und neue Geschichten!

Isolde parkt den Wagen etwas abseits in einer Nebenstraße. Schon von weitem ist die Musik zu hören, aus dem Haus strömt Licht in den großen Garten, der voller Menschen ist und in dessen Mitte ein riesiger Sonnenschirm steht; sein rot-weißes Streifenmuster überstrahlt alles. Der Abend feiert den Sommer, und ich will so schnell wie möglich in den Garten und zu diesem Schirm, der so perfekt zu dieser Jahreszeit passt.

Liegt nicht sowieso in allem, was ich von nun an anstelle, ein Anfang?, frage ich mich. *Und ist nicht heute Abend eigentlich alles wie geschaffen dafür?* Ich sehne mich danach, dass etwas passiert. Genau das ist es doch, was ich brauche: Einen Anfang! Und dieser rot-weiß-gestreifte Sonnenschirm und die Jahreszeit sind mir jetzt die verheißungsvollsten Zeichen, dass dies der richtige Abend ist dafür, der richtige Abend für einen gelungenen Anfang.

Sieben

Sabine, die Gastgeberin, ist eine gute Freundin von Isolde und feiert an diesem Abend ihren dreißigsten Geburtstag. Ihre Eltern sind nicht zu Hause; der Vater, ein bekannter Fernsehjournalist, hält sich zur Zeit in München auf, die Mutter ist mit einer Freundin in das Ferienhaus nach Südfrankreich gefahren. Sabine studiert in Hamburg Modedesign im vierten Semester und kann ihren Eltern noch immer erfolgreich weismachen, sie käme mit ihrem Medizinstudium gut voran, denn die kümmern sich tatsächlich nicht die Spur um ihre Tochter und deren Studium, überweisen ihr jedoch pünktlich die monatliche Unterstützung und fragen selten, was sie treibt. Nun sind Semesterferien, und Sabine hat für drei Wochen den Hund – einen schwarzweißen Cockerspaniel – und das Haus – einen schlichten, weißen Bungalow im Bauhaus-Stil – zu hüten.

Sie kommt uns schon auf der Hauseinfahrt entgegen und begrüßt uns aufgedreht und alle auf gleichermaßen herzliche Weise. Sie riecht fabelhaft und teuer, wie ich bemerke, als sie mich an sich drückt.

Isolde und Fabian sind schon in der Küche und versorgen sich am Büfett, als ich noch immer mit Sabine im Hausflur stehe. Der Hund sitzt zu unseren Füßen und stinkt so entsetzlich, dass ich es kaum noch in seiner Nähe aushalten kann. Sabine redet seit Minuten pausenlos auf mich ein, laut und unkontrolliert – sie hat offenbar schon zu viel getrunken, ich kann ihren Alkoholatem riechen – und fordert mich lachend auf, *unverzüglich* den Hund zu streicheln. Weil ich ein höflicher Mensch bin, tue ich das sogar und bekomme dann eine regelrechte Gänsehaut davon. Sabine redet unablässig, ich höre schon gar nicht mehr hin und habe Hunger und Durst. Glücklicherweise kommen jetzt neue Gäste mit großem Hallo herein, ich nutze den Moment und entwische in die Küche, wo ich mir als Erstes die Hände wasche. Eine junge Frau, die neben dem Kühlschrank steht, sieht das und lacht. »Der Hund?«, fragt sie. »Der Hund!«, antworte ich und lache nun auch.

Isolde und Fabian sind natürlich längst nicht mehr hier; sie gehören ebenso wenig wie ich zu den typischen Küchengästen, dieser trägen Clique von Fressern und Säufern, die sich auf Partys möglichst nah bei Speis und Trank postieren und ihren Platz nur unter Protest verlassen, am liebsten unter ihresgleichen bleiben und kaum ein Wort reden, weil sie stets den Mund voll haben. Natürlich wurde ich, als ich die Küche betrat, aufmerksam beäugt von ihnen und ahne auch jetzt hinter meinem Rücken die Blicke und ihr Mienenspiel: *Ist der da einer von uns?*

»Mach da mal Platz«, sagt die Frau neben dem Kühlschrank zu einem Typen, der auf der Sitzbank hockt, und nickt in meine Richtung. Ich werde kurz kritisch beäugt, dann rückt er etwas näher an seinen Nachbarn und macht Platz für mich, im Glauben, ich würde mich hier niederlassen. Ich mache aber keinerlei Anstalten, länger als unbedingt nötig zu bleiben und sehe zu, dass ich aus der Küche verschwinde.

Ich gehe in den Garten; es ist zwar schon dunkel, aber noch immer sehr mild. Hier wimmelt es von Menschen, überall sitzen und stehen sie und lachen, essen und trinken. Schließlich entdecke ich auch Fabian; er sitzt etwas abseits in einem Liegestuhl und dreht sich einen Joint. Neben ihm im Gras hockt ein Mädchen, das ich nicht kenne; sie trägt ein geblümtes Kleid, einen riesigen Strohhut mit einer roten Schleife und eine kleine runde Sonnenbrille. Als ich sie da breitbeinig neben

Fabian im Gras hocken sehe, mit einer Hand auf seiner Schulter, kann ich ihren blauen Slip sehen.

Das Mädchen nimmt alle Augenblicke Fabians Hand und hält sie an ihre Wange oder spielt mit seinen Fingern. Jedes Mal, wenn Fabian etwas sagt, lacht sie so laut und überdreht, dass man es durch den ganzen Garten hören kann. Während sie lacht, zieht Fabian an dem Joint, legt den Kopf in den Nacken und bläst den Rauch in den Nachthimmel.

Wer ist das? Ich habe sie noch nicht gesehen. Ist es die, mit der Fabian vorhin noch telefoniert hat, diese Lisa?

Ich stehe jetzt vor dem Grill und nehme mir mit der Holzzange ein Würstchen vom Rost. Als ich mich umdrehe, steht Isolde plötzlich so dicht vor mir, dass ich in dem roten Licht vom Grill ein dünnes, geplatztes Äderchen in ihrem rechten Auge und ihre Narbe auf der Schläfe erkennen kann. Mit ihrem Erscheinen erschreckt sie mich so sehr, dass mir die Wurst vom Teller rollt und ins Gras fällt. Der Hund, eben noch unter dem Tisch auf der Terrasse, ist sofort freudig und gierig zur Stelle und blickt mich hinterher erwartungsvoll an.

»Komm, lass uns da rübergehen!« Isolde zeigt mit ihrer Gabel auf zwei freie Liegestühle, die unter dem großen Sonnenschirm stehen, in einem sehe ich ihre Jeansjacke liegen. Ich hole mir ein Bier, winke Fabian zu, der noch immer mit dem Mädchen von vorhin spricht, und gehe zu Isolde und den Liegestühlen. Meine Enttäuschung ist groß, als ich sehe, dass sich bereits Sabine neben sie gesetzt hat, und so wie es aussieht, scheint sich Isolde prächtig zu amüsieren und mich schon wieder vergessen zu haben.

Dann steht auf einmal Fabian vor mir, er ist schon etwas betrunken und riecht nach dem Joint. Neben ihm steht das Mädchen mit dem großen Strohhut, sie hält eine fast volle Sektflasche in der Hand, aus der es bei ihren hektischen Bewegungen unentwegt auf ihr Kleid schwappt, so dass ich jedes Mal einen kleinen Schritt von ihr zurückweiche. Fabian klopft mir auf die Schulter, grinst leer und kündigt an, er und Lisa würden jetzt gehen und zu ihm fahren. »Ich kann es nicht ertragen, noch länger *bekleidet* neben dieser durch und durch einzigartigen Frau zu sitzen.« Diese Abiturientenfeier sei ohnehin nicht nach seinem Geschmack, ich könne dann mit Isolde oder Sabine oder sonstwem nachkommen und mich ihm anschließen. »Aber wenn du Sabine mitbringst, lass bloß den Köter hier!«, ermahnt er mich. »Wird eh eng in meinem Bett, und der Gute stinkt wie sechs Jahre alte Strümpfe!« Lisa lacht, dass sie sich die Seiten halten muss, Fabian zwinkert mir zu, und ich bleibe verdutzt zurück. Im nächsten Moment schon sehe ich ihn vor dem Haus in ein Auto steigen und mit heulendem Motor davonjagen.

Mein Appetit ist jetzt wie verflogen, deshalb lege ich die Bratwurst, die auf meinem Teller liegt, kurzerhand wieder zurück auf den Grill, was sich natürlich nicht gehört, zumal ich schon ein kleines bisschen abgebissen habe. Ich will mich gerade unauffällig davonmachen, da tippt mir jemand auf die Schulter, lacht mir ins Gesicht und legt das angebissene Würstchen zurück auf meinen Teller. »Ich glaube, das gehört dir.« Es ist Isolde. Lachend zieht sie mich am Handgelenk an den Rand des Gartens.

Unter meinem Stuhl liegt schlafend der Hund; er stinkt noch immer so entsetzlich, dass ich Mühe habe, mich auf das Gespräch mit Isolde zu konzentrieren. Schließlich, in einem unbeobachteten Moment, ziehe ich das verdutzte Tier – Sabine hat ihm tatsächlich den Namen *Horst* gegeben, wie ich jetzt von Isolde erfahre – am Halsband hervor und gebe ihm einen unsanften Klaps auf das Hinterteil, worauf sich Horst endlich davontrollt.

»Ich hätte noch gerne was zu trinken«, sagt Isolde.

»Ein Bier?« Ich stehe auf. »Oder einen Wein?«

»Eine Limonade.«

Ich gehe schnell zum Haus hinüber – außerhalb ihrer Sichtweite beginne ich sogar zu rennen, weil ich befürchte, sie wird bei meiner Rückkehr wieder von einem anderen in Beschlag genommen sein. In der Küche sitzen noch immer die gleichen Figuren von vorhin, und alle schrecken bei meinem Erscheinen hoch, fangen mit einem Mal an zu sprechen oder stehen auf und machen sich am Büfett zu schaffen. Ich nehme eine Limonade aus dem Kühlschrank und mache, dass ich fortkomme.

Zurück im Garten, sehe ich, dass sich Isolde umgesetzt hat, sie sitzt jetzt in einem der Liegestühle unter dem riesigen, leuchtenden Sonnenschirm; neben ihr ist ein freier, unbesetzter Stuhl. Ich setze mich zu ihr und gebe ihr die Limonade.

Isolde erzählt, dass sie seit vier Jahren bei der Bild-Zeitung als Journalistin arbeite. Morgen müsse sie beruflich für ein paar Tage nach Straßburg, um dort eine Reportage über das Europaparlament zu machen. Ich kann mir zwar nur schwer vorstellen, was eine Reportage über das Europaparlament in der Bild-Zeitung zu suchen hat, behalte es aber für mich. Sie kommt jetzt ins Plaudern und erzählt kreuz und quer, spricht von ihrem Studium in Bordeaux, von ihren Nachbarn, die sich ausschließlich sonntagmorgens zwischen sieben und acht Uhr lieben, von ihrem Mini, den sie sich gerade erst neu gekauft hat und der sogar einen Airbag habe und so fort.

Ich blicke in den dunklen, klaren Himmel und mir wird etwas schwindelig, wobei ich nicht weiß, ob es am Himmel, an dem Bier oder daran liegt, dass ich froh bin, endlich unter diesem rot-weißgestreiften Sonnenschirm zu liegen. Ich frage Isolde irgendwann nach der Frau, mit der Fabian vorhin gegangen ist. Sie kennt diese Lisa aber offenbar ebenso wenig, zuckt bloß kurz mit den Achseln und wechselt das Thema.

Inzwischen ist es zwei Uhr morgens. Auch jetzt noch tummeln sich viele Gäste im Garten, liegen im Gras oder sitzen auf den Stühlen, und drei angeheiterte Spaßvögel springen nackt und jubelnd in den Pool. Einer von ihnen hat Horst, den Cockerspaniel, im Arm, und der Hund bellt laut und vergnügt aus dem Becken heraus. Während ich in dem Liegestuhl sitze, in den Himmel schaue und die warme Nacht genieße, während mir eine Windböe hin und wieder den Rauch des Gartengrills in die Nase weht und ich Isoldes Stimme höre, während der Hund bellt und ich die junge Frau aus der Küche mit einem Sektglas in der linken Hand drüben auf der Terrasse tanzen sehe, da bin ich so glücklich, dass ich jetzt unbedingt irgendetwas sagen will; ich bin glücklich, hier zu sein, hier, in diesem Garten unter diesem Sonnenschirm in diesem Liegestuhl, und könnte es noch die nächsten Tage hier aushalten, hier, auf Sabines Party, unter dem rot-weiß-gestreiften Sonnenschirm.

Alles liegt plötzlich ganz weit zurück: das Warten auf Philip, der Bettler an dem Altglascontainer, Florian, der verliebte Briefeschreiber. Hier, in diesem schönen Garten in Berlin-Dahlem sitze ich *jetzt*, und alles andere ist weit weg, wie in einer anderen Welt und Zeit und kann mir vorerst gepflegt gestohlen bleiben!

Neben mir summt Isolde leise in ihrem Liegestuhl zu der Musik und wiegt ihre Füße im Takt auf und ab. Sie duftet wirklich himmlisch! Der Abend übertreibt es jetzt fast mit seiner Harmonie.

Sabine hat eine Lautsprecherbox in den Garten gestellt, und als Isoldes Lieblingslied gespielt wird, steht sie auf und zieht mich mit. Wie lange habe ich nicht mehr getanzt? Nein, von jetzt an will ich keinen möglichen Anfang mehr verpassen!

Wir tanzen schon eine ganze Weile, da kommt plötzlich aus dem hinteren Teil des Gartens ein großes Geschrei; ich habe es zunächst gar nicht gehört, die Musik ist zu laut, doch dann hat auch Isolde zu tanzen aufgehört, und ich sehe in der großen Fensterscheibe des Wohnzimmers einen roten, flackernden Lichtschein und drehe mich erschrocken um. Der Sonnenschirm hat Feuer gefangen! Große, helle Flammen schlagen hoch, die Musik läuft noch immer, der Hund bellt ängstlich in das Feuer und rennt wirr durch den Garten, die Gäste bilden einen Ring um den lodernden Schirm, Funken fliegen in den Himmel, und immer wieder weicht jemand erschrocken zurück, weil es aus den Flammen knackt und prasselt. Auch ein Liegestuhl steht jetzt in Flammen, und ich erkenne, dass es meiner ist, der, auf dem ich eben noch gesessen habe.

Rot leuchten die Gesichter im Licht der Flammen, rot leuchtet der Garten und das Haus, und niemand sagt ein Wort. Alle blicken nur starr in die Flammen, keiner macht ernsthaft Anstalten, das Feuer zu löschen, nur ein paar Wassereimer hat man herangeschafft – es ist zwecklos, der Schirm und der Liegestuhl sind natürlich nicht mehr zu retten, und binnen einiger Minuten ist von allem nichts mehr übrig.

»Eine Windböe hat den Schirm umgerissen«, höre ich hinter mir einen Mann sagen. »Er ist dann in den Grill gefallen und hat Feuer gefangen.« Viele sind sprachlos vor Schreck, die Musik hat man abgestellt, nur Horst, der Hund, bellt noch immer und springt aufgeregt im Garten herum. Ich streichele ihn zur Beruhigung, als er sich schließlich neben mich setzt. Hinter mir höre ich jetzt das Wort *Hausratversicherung,* und irgendein Spitzfindiger erzählt, dass heißes Wasser das Feuer schneller löscht als kaltes – ich kann mich nur wundern über so viel Gleichgültigkeit: Der Abend ist dahin, alles ist vorbei, und man tut so, als säße man schon wieder im Büro und müsse sich beweisen.

Einer nach dem anderen geht, alle Augenblicke sehe ich jemanden sich verabschieden und höre in kurzen Abständen Autos davonfahren. Als Isolde müde zu mir herüberblickt, nicke ich ihr zu. Sie versteht gleich. »Soll ich dich noch nach Hause fahren?«

Ich sage ihr, dass mein Zuhause gegenwärtig die Wohnung von Fabian sei, und Isolde nickt.

Sabine, von der wir uns dann verabschieden, ist etwas in Sorge über den verkohlten Rasen, den sie ihren Eltern irgendwie erklären muss, und einer der Gäste schlägt vor, die versengten dreißig Quadratmeter kurzerhand herauszuschneiden und mit einem neuen Stück Rasen zu ersetzen. Dieser Vorschlag trifft sofort auf breite Zustimmung, und Sabine lädt die übrig gebliebenen Gäste zum Restetrinken in die Küche ein. Ich bin froh, als wir auf Isoldes Auto zugehen.

Eine gute halbe Stunde später stehen wir vor Fabians Wohnung. Dort oben ist es stockdunkel, wie ich von der Straße aus sehen kann. Oder ist da doch ein Lichtschimmer in seinem Schlafzimmer? Ich überlege, ob ich die Nacht besser bei Isolde verbringen soll, denn vielleicht ist Lisa noch immer oben bei Fabian, und die Aussicht, den beiden jetzt zu begegnen, erscheint mir nicht unbedingt verlockend. Allerdings sind sie ja schon vor einigen Stunden von der Party aufgebrochen, und womöglich ist Lisa längst nicht mehr oben und alles vorüber.

Als ich mich von Isolde verabschiede, steigt sie etwas umständlich aus dem Wagen und nimmt mich in die Arme, was mich ein wenig rührt. Sie gibt mir ihre Adresse und braust dann davon.

Acht

Im Flur hänge ich meine Jacke an den Haken, wasche mir die Hände im Bad und gehe anschließend hinüber in die Küche. Plötzlich steht jemand in der Tür – es ist Lisa, die schon wieder ihr Kleid an und den Hut auf hat. *Dann ist ja jetzt alles gelaufen*, denke ich beruhigt.

Lisa starrt mich an, und als ich sie anspreche, reagiert sie gar nicht, sondern blickt leer an mir vorbei. Ich gehe zum Küchenschrank, in dem die Gläser stehen und schüttele verwundert den Kopf. Gerade habe ich mir ein Glas Wasser eingeschenkt, da höre ich ein Geräusch, es ist ein leises Glucksen und Kichern.

Leise folge ich den Geräuschen bis zum Schlafzimmer. Als ich in der Tür stehe, sehe ich Fabian nackt auf dem Bett zwischen zwei ebenfalls nackten Frauen liegen. Die eine ist schwarz und dick, und sie massiert Fabians Penis langsam und gleichmäßig mit der rechten Hand, an deren Finger unzählige goldene Ringe stecken, selbst am Daumen. Die linke Hand gleitet zwischen ihren eigenen Beinen hin und her. Ihre riesigen Brüste mit dunklen, großen Brustwarzen wippen auf und ab, ihr ganzer massiger Körper ist in Bewegung. Dabei schaut sie an die Decke und stöhnt. Die andere Frau hält Fabian eine ihrer Brüste, die viel kleiner als die der Schwarzen sind, ins Gesicht. Ich kann Fabians Zunge an ihrer Brust lecken sehen und höre sein Kichern und Schmatzen.

Als mich die Frau in der Tür sieht, lacht sie und winkt. Auch Fabian hat mich jetzt bemerkt; er kichert noch immer und verdreht wie ohnmächtig die Augen. Bloß die Dicke blickt noch immer an die Decke und massiert nun mit einer Hand ihre Brust, während die andere weiterhin Fabians Penis bearbeitet.

Plötzlich steht die andere Frau auf und bewegt sich langsam und schwankend auf mich zu. Ich sehe ihre langen Beine, ihre kleinen Brüste und ihr schulterlanges, dunkles Haar. Zwischen den Beinen ist sie bis auf einen ganz schmalen Streifen rasiert. In ihrem Bauchnabel erkenne ich ein Piercing, auf der Brust eine kleine Tätowierung, und als ich in ihr Gesicht schaue – sie steht jetzt nicht mehr als einen Meter von mir entfernt –, bekomme ich einen solchen Schrecken, dass mir tatsächlich die Luft wegbleibt: Es ist die Frau aus der

U-Bahn, neben der ich gesessen und der ich das Buch zugesteckt habe! Diese Frau steht nun vor mir und greift lachend nach meiner Hand. Sie erkennt mich natürlich nicht, sie ist nicht einmal in der Lage, sich drei Sekunden aufrecht zu halten, und auch meine Hand verfehlt sie einige Male. Ich schüttele sie gleich wieder ab und mache mich davon.

Im Flur kommt mir Lisa entgegen, ich laufe ihr geradewegs in die Arme. Sie hat sich das Kleid ausgezogen und ist nackt, nur ihren großen Strohhut mit dem roten Band trägt sie noch. Auch sie nimmt gleich meine Hand, hält sie sich an ihre kleine, weiche Brust und spielt mit ihrer Zunge in meinem Ohr. Dann nimmt sie meine andere Hand und legt sie zwischen ihre Beine. Ich bin zuerst starr vor Schreck und schubse sie dann weg. Lisa lacht und läuft hinüber ins Schlafzimmer; ich renne aus der Wohnung.

Als ich auf der Straße stehe, habe ich das Glucksen und Kichern und Stöhnen von Fabian und den Frauen noch immer im Ohr. Ich sehe ein Taxi kommen, winke es heran und gebe dem Fahrer die Adresse von Isolde. Sie wohnt im Prenzlauer Berg, und zwar in der Husemannstraße, der schickeren Gegend dieses Stadtteils, wo in den Restaurants rund um den Kollwitzplatz *Kreditkarten willkommen* sind.

In dem Taxi ist es ziemlich unordentlich; Zigarettenschachteln, Zeitschriften und sogar ein noch verpacktes Kondom liegen auf dem Rücksitz. Außerdem hängen zwei Duftbäume an dem Rückspiegel, die den ganzen Wagen mit ihrem Vanilleduft erfüllen, so dass einem einfach schlecht werden *muss*.

Ich denke an Fabian und an die Frau aus der U-Bahn, der ich das Buch zugesteckt habe und die mir eben im Schlafzimmer begegnet ist. Es war ein echter Schock, als sie plötzlich vor mir stand, so wie alles, was da gerade abgelaufen ist. Natürlich, als Fabian sich mit dem Mädchen von der Party davonmachte, habe ich mir schon einen Reim auf alles machen können. Aber auf das, was mich dann tatsächlich bei Fabian erwartete, darauf war ich nicht vorbereitet.

Als Isabell mich damals verließ, als sie von einem Tag auf den anderen ging, war ich so perplex, dass ich manchmal vor lauter Grübeln tatsächlich das Atmen vergaß. Ich war so ratlos wie nie zuvor in meinem Leben und konnte mir nicht vorstellen, wie es weitergehen sollte oder woran ich noch glauben konnte. Wie sollte ich je vergessen, wie sie gleich zu summen begann, als sie zum letzten Mal die Tür hinter mir schloss?

Himmel, was hatte sie doch damals angerichtet: Wenn ich mich gerade in die volle Badewanne gesetzt hatte, zog ich im nächsten Moment den Stöpsel wieder heraus und stieg aus der Wanne. Nichts konnte mich ablenken, jeder Kinofilm geriet zu einem Fiasko, weil ich spätestens nach einer Viertelstunde aufstand und das Weite suchte. Wie viele Bücher hatte ich zu lesen begonnen und sie doch alle nach zehn Seiten wieder beiseite gelegt! Und wie oft war ich nach einem gelungenen Tag sicher: Jetzt ist es vorbei, jetzt kann mir nichts mehr passieren, und wenn ich die beiden einmal auf der Straße treffen sollte, werde ich ihren Freund mit seinem Vornamen ansprechen!

Du bist mein, ich bin dein,
dessen sollst du gewiss sein.
Du bist beschlossen
in meinem Herzen,
verloren ist das Schlüsselein,
du musst immer darinnen sein.

Noch immer weiß ich nicht, wer dieses Gedicht geschrieben hat. Ob Isolde es kennt? Auf einmal habe ich, als ich in diesem Taxi sitze und zu Isolde fahre, die fixe Idee, dass alles Zukünftige nur davon abhängt, zu erfahren, wer der Verfasser dieses mittelalterlichen Gedichts ist. *Langsam werde ich also tatsächlich verrückt*, denke ich, und irgendwie beruhigt mich dieser Gedanke sogar.

Nach einer Viertelstunde sind wir da. Ich drücke dem Fahrer einen Schein in die Hand, verlasse so schnell es geht sein Duftbaumtaxi und gehe eilig zu dem Haus, in dem Isolde wohnt. Als ich nicht gleich ihren Namen an den Klingelschildern entdecke, werde ich unruhig, schließlich aber finde ich ihn doch und drücke mehrmals und lange auf die Klingel. Es dauert eine Weile, bis sie sich endlich meldet, und ich schreie fast meinen Namen in die Sprechanlage. Dann renne ich hastig die Treppen hoch und stehe schließlich außer Atem vor ihr.

Isolde fragt nicht, was vorgefallen ist. Sie fragt überhaupt nichts, wortlos lässt sie mich hereinkommen und mich auf einen Stuhl in der Küche setzen. Sie scheint über mein Kommen nicht eben verwundert, stattdessen stellt sie jetzt stumm einen Wasserkessel auf den Herd und legt einen Teebeutel in eine Tasse, als hätten wir das vorher abgesprochen.

»Was ist eigentlich mit Fabian passiert?«, frage ich aufgeregt.

Isolde sieht mich überrascht an, und ich erzähle ihr, was geschehen ist. Sie nimmt das alles relativ ungerührt hin, steht auf und füllt ein Glas mit Milch. Sie leert es in einem Zug und hat hinterher einen Milchbart, den sie sich nicht abwischt.

»Du weißt von nichts, oder?« Isolde blickt mir fest in die Augen.

»Was sollte ich denn wissen?« Ich habe keine Ahnung.

»Katharina hat Fabian vor einigen Wochen verlassen«, erwidert Isolde. Als ich das höre, bin ich, so sehr mich diese Nachricht auch betrübt, geradezu erleichtert. *Also habe ich mich wenigstens dabei nicht geirrt*, denke ich.

Isolde erzählt, wie sie Fabian kurz nach der Trennung begegnet ist; sie hat ihn zufällig im *Café Eckstein* im Prenzlauer Berg getroffen, in das sie jeden Dienstag nach dem Sport mit ihrer Freundin ginge. Schon von draußen habe sie ihn an einem der Tische sitzen sehen und sich dann zu ihm gesetzt, und Fabian habe ihr alles erzählt.

»Warum ist Katharina gegangen?«, will ich wissen.

»Er hat sie betrogen«, höre ich Isolde sagen, »er hat sie ein einziges Mal und ohne Leidenschaft betrogen. Katharina hat es irgendwie erfahren und ihn dann sofort verlassen.«

Ich sehe, wie ihr zwei große Tränen langsam über die Wange rollen. Die eine rollt ihr über den Milchbart am Mund vorbei, die andere rollt bis zum Kinn, vereint sich mit der weißen Milchbartträne und patscht dann auf den Linoleumboden, man kann es deutlich hören. Ich gehe zu ihr und streichele sachte über ihren Kopf. Zwar wundere ich mich ein bisschen darüber, dass sie weint – *Wieso geht ihr das mit Fabian denn so nah?* –, doch ich will nichts mehr fragen, wenigstens nicht jetzt.

Wir sind beide erschöpft und müde; Isolde richtet mir das Gästebett her, als wir dann aber schlafen gehen, krieche ich zu ihr unter ihre warme Decke. Dabei streift mein Handrücken kurz ihre bloße Brust, ich erschrecke und hoffe, sie hält es nicht für Absicht und rutsche vorsichtshalber etwas weiter weg von ihr. Schon nach ein paar Minuten sind wir dann aber wieder nur noch durch die schmale Bettritze in der Mitte getrennt und liegen schließlich Arm an Arm nebeneinander. Wir geben uns noch einen Kuss, einen ganz harmlosen nur; er ist gegeben und genommen.

Ich schlafe unruhig, träume viel, von Nina und von Fabian und von der dicken schwarzen Frau, wache zwischendurch mehrmals auf, gehe einmal in die Küche, zweimal ins Bad, sehe, als ich aus dem Fenster blicke, Licht im Nachbarhaus und einen betrunkenen Radfahrer auf der Straße und weiß nicht, was morgen kommt. Zurück im Schlafzimmer, betrachte ich Isoldes Schlafgesicht: Es ist noch hübscher als sonst, sanft wirkt es und friedlich.

Am nächsten Morgen wache ich früh auf, es ist erst halb sieben. Isolde schläft noch, sie schnarcht ein bisschen. Leise steige ich aus dem Bett, gehe ins Bad und dusche, ziehe mich an, nehme die Wohnungsschlüssel von der Kommode und gehe hinaus; ich will einen Spaziergang machen und Brötchen holen. Einmal glaube ich, Fabian in seinem gelben Porsche von weitem heranfahren zu sehen, stelle mich hinter eine Plakatwand und erkenne dann, dass ich mich geirrt habe. Ich finde eine Bäckerei, kaufe Brötchen und dann in einem Blumengeschäft einen Strauß für Isolde.

Als ich zurückkomme, ist auch sie inzwischen aufgestanden, sogar der Tisch ist schon gedeckt, und der Kaffee duftet durch die ganze Wohnung. Isolde freut sich über die Brötchen und die Blumen, die sie gleich auf den Tisch stellt, und umarmt mich kurz als Dank dafür. Mir ist gar nicht wohl bei dem Gedanken, nach all dem, was am Vorabend passiert ist, auf Fabian zu treffen. Wir entscheiden aber schließlich, nach dem Frühstück zu ihm zu fahren.

Als wir schon eine Weile am Tisch sitzen, fragt mich Isolde: »Du hast doch eine Freundin, oder?« Ich erzähle ihr von Nina. Anders als sonst aber spreche ich jetzt nicht gern von ihr, und nach drei Sätzen ist die Vorstellung beendet.

»Hast du Nina jemals betrogen?« Etwas verblüfft über diese Frage, schüttele ich energisch den Kopf. Ich will das Thema nun wirklich beenden. »Hast du einen Freund?«

»Wir haben uns vor ein paar Wochen getrennt.«

»Weshalb?«

»Wegen Fabian.«

Ich verstehe erst nicht, dann wird mir alles klar. Ich bin sprachlos: »Dann bist du die, wegen der Fabian und Katharina …?« Isolde nickt traurig, wie als stumme Bestätigung für meine ungläubige Miene, steht auf und deckt den Tisch ab.

Nachdem sie sich gewaschen und angezogen hat, fahren wir gemeinsam zu Fabian. Weil Isoldes Auto streikt, nehmen wir die U-Bahn, die dann so überfüllt ist, dass wir beide im Gang stehen müssen. Wir halten uns während der Fahrt an der Haltestange fest, sie ist ganz warm von den vielen Händen, die heute schon danach gegriffen haben, so wie auch jetzt: Ganz unten sehe ich eine Kinderhand mit kleinen, rosa lackierten Fingernägelchen. Weiter oben sind zwei Hände übereinander gelegt – ein Pärchen hält sich da fest. Direkt darüber hat eine derbe, breite Männerhand die Stange gepackt, die nach Schweiß und Metall riecht. Es ist eine faltige, trockene, abgearbeitete Hand, mit verstümmelten, schmutzigen Fingernägeln, und die Knochen treten stark und weiß hervor. Auch Isolde hält sich an der Haltestange fest. Meine schmale, unbehaarte Hand mit den langen Fingern über ihrer, der kleinen und dünnhäutigen, an der man jede Ader erkennen kann, selbst an den Fingern. Sie erinnern mich an Ninas Hände, und ich schaue schnell woanders hin.

Einmal sehe ich, wie ein Mann in Uniform, vermutlich ein Kontrolleur, einen Jungen grob aus der Bahn schubst. Der Junge fällt fast dabei und schaut ängstlich, der Kontrolleur schimpft aber bloß weiter, und ich werde wütend auf den Mann und wütend bei der Vorstellung, dass auch über so einen Kerl bei der Pensionierung nette Worte gesagt würden. Der Mann ist ziemlich groß, knapp zwei Meter vielleicht, und ich wünsche mir, dass es der Freund von Isabell wäre, der ja auch ein

Riese ist. Es würde mich ungemein beruhigen, zu wissen, dass sie jetzt mit einem solchen Blödmann zusammen ist, den niemand außer ihr wirklich mögen kann.

Ich habe immer noch die Hausschlüssel, die Fabian mir gegeben hat. Er ist nicht zu Hause, und die Wohnung sieht mittlerweile wieder so wüst aus, wie ich sie gestern bei meiner Ankunft vorgefunden habe. In sein Schlafzimmer schaue ich nur kurz; das Bett ist noch immer zerwühlt und die Luft verbraucht, niemand hat das Fenster in der Nacht geöffnet. Auf dem Nachttisch sehe ich einen Taschenspiegel liegen, weißer Pulverstaub liegt darauf und eine Rasierklinge. Neben dem Bett zwei Kondome. *Wie in einem schlechten Film*, denke ich. Ich hätte jetzt gern mit ihm gesprochen und suche in der Küche nach einer Notiz, einer Nachricht für mich, doch ich finde nichts außer einer Illustrierten, die auf dem Küchentisch liegt. Aufgeschlagen ist ein Psychotest: *Sind Sie treu?* Bei der Frage: *Denken Sie manchmal an jemand anderen, wenn Sie mit Ihrem Partner im Bett sind?*, ist *nein* angekreuzt. Ich bin sicher, dass Fabian es war, der dort das Kreuz gemacht hat.

Ich erinnere mich plötzlich an einen Artikel in einer Frauenzeitschrift, den ich kürzlich gelesen habe. Darin war von einer Studie die Rede, aus der hervorging, dass fünfundsiebzig Prozent der Männer beim Sex an eine andere Frau denken, und ich habe stolz festgestellt, dass ich in diesem Fall zur Minderheit gehöre. Dann aber fiel mir ein, dass es sich doch nicht immer so verhielt, vor allem in der Anfangszeit der Beziehung mit Nina war genau das nicht der Fall: Eine Woche, nachdem wir uns kennen lernten, haben wir zum ersten Mal miteinander geschlafen. Als ich sie dann nackt sah, habe ich sie mit Isabell verglichen, und als ich Nina streichelte, habe ich irgendwie auch Isabell berührt. Alles war mit ihr verbunden: jeder Kuss, jeder Duft, jeder Geruch. Selbst als wir dann miteinander geschlafen haben, bin ich gleichzeitig in Isabell eingedrungen.

Fabians grüne Jacke hängt über dem Küchenstuhl, dieselbe Jacke, die ich gestern bei dem Spaziergang getragen habe, und irgendwie scheint sie traurig über diesem Küchenstuhl zu hängen. Ich denke an die Kleider auf Ninas Kleiderpuppe: Ihre Kleider erscheinen mir stets heiter und unbekümmert und in Harmonie vereint auf ihrer Puppe. Ich ziehe meine Jacke aus und Fabians an, packe meine Tasche, schreibe ihm eine kurze Nachricht und lege sie zusammen mit dem Hausschlüssel auf den

Küchentisch. Hier will ich jedenfalls nicht bleiben. Doch wohin jetzt?

»Du kannst mit zu mir kommen, wenn du willst«, bietet Isolde mir an, die die ganze Zeit schweigend in der Küche auf mich gewartet hat. Ich sehe sie dankbar an. »Aber wir nehmen uns jetzt ein Taxi.«

Auf der Straße halten wir einen Wagen an und steigen ein. Vorne am Armaturenbrett klebt ein kleines Schild – *Es fährt Sie: Priv.-Doz. Dr. Klaus-Henning Schaper*, steht darauf. Der Taxiprofessor fragt uns nach unserem Ziel, und ich gebe ihm die Adresse von Isolde.

Ich zeige auf das Schild: »Diese Sorte kenne ich«, flüstere ich Isolde zu und erzähle ihr von Philip, der drei unterschiedliche Visitenkarten besitzt: Einmal ist er promovierter Theologe, dann Inhaber einer Firma für Telefonmarketing und schließlich Fotograf. »Sagen Sie, worüber haben Sie promoviert?«, frage ich den Fahrer und zwinkere Isolde zu.

»Über das Irrationalitätsproblem in der Ästhetik und Logik des 18. Jahrhunderts bis zur Kantschen Kritik der Urteilskraft!«, kommt es wie aus der Pistole geschossen; außerdem habe er sich habilitiert zu dem Thema *Ästhetik als Rationalitätskri-*

tik bei Arthur Schopenhauer, und wenn es uns interessiere, könne er uns bis zum Erreichen des Fahrtzieles einen Kurzvortrag über die Kernpunkte seiner Doktorarbeit halten, die er im Übrigen mit *summa cum laude* abgeschlossen habe. Ich überlege, ob ich den Mann für irre halten soll oder nur für einen Aufschneider, da legt er auch schon los, so dass ich gar nicht weiß, wie mir geschieht. Der Mann redet und redet, schimpft zwischendurch auf andere Autofahrer, hupt ab und zu, lässt sich aber von seinem Vortrag nicht im Mindesten ablenken. Natürlich verstehen wir so gut wie nichts von dem, was wir da hören, zumal er unentwegt Fachausdrücke verwendet. Als wir endlich bei Isolde ankommen, erkundigt sie sich noch, warum denn Herr Professor Doktor Schaper Taxi fahre, statt an irgendeiner Universität zu arbeiten. Er meint, er habe bisher kein Glück gehabt mit seinen Bewerbungen, sein Doktorvater sei außerdem gestorben, und dann habe er sich eine Tätigkeit suchen wollen, bei der man auf möglichst viele Menschen träfe – da sei ihm das Taxifahren schließlich als die beste Lösung erschienen. Kürzlich erst habe ein *Kollege* bei ihm im Wagen gesessen (damit meint er offenbar einen Universitätsprofessor), und beinahe habe der ihm eine Stelle vermitteln können. Durch unglückliche Umstände habe das nicht geklappt, aber er sei weiterhin guter Hoffnung.

Mir fällt das Gedicht wieder ein, und ich sage es dem Professor Doktor auf, offenbar ist er ja ein gescheiter Bursche und kennt womöglich den Verfasser. Professor Schaper hört aufmerksam zu und meint, es würde sich zweifelsfrei um einen mittelalterlichen Dichter handeln, mehr könne er mir auch nicht sagen. Das aber weiß ich ohnehin schon und bin ein wenig enttäuscht. Schnell wünschen wir dem Taxifahrer viel Glück und die richtigen Fahrgäste und steigen aus.

Neun

«Magst du einen Kaffee?«, fragt mich Isolde, als wir bei ihr in der Küche stehen, und ich antworte, ich würde mich lieber eine Stunde aufs Ohr legen, die Nacht sei ja ziemlich kurz gewesen. »Aber heute Abend würde ich dich gerne zum Essen einladen.«

Isolde erinnert mich, dass sie für ein paar Tage nach Straßburg fahren muss, ihr Flieger ginge in ein paar Stunden, später käme sie jedoch gern auf meine Einladung zurück. »Hast du Lust, bis dahin bei mir zu wohnen und auf meine Katze aufzupassen? Sonst müsste ich nämlich wieder meine Nachbarin bitten, und die ist schrecklich unzuverlässig.«

Ich freue mich über ihr Angebot und sage sofort zu.

»Aber keine Schweinereien in meiner Wohnung!«, mahnt Isolde lächelnd. Ich grinse zurück, gehe hinüber ins Schlafzimmer und schlafe sofort ein.

Irgendwann werde ich von einem Krachen und Scheppern und Rumpeln, das vom Flur kommt, aufgeschreckt. Meine Uhr, auf die ich blicke, ist stehen geblieben, und obwohl ich sofort an ihrem Rädchen drehe, will sie nicht laufen, sondern bleibt still. Auch der Wecker, der neben dem Bett auf einer Kommode steht und laut tickt, zeigt offenbar nicht die richtige Zeit an – oder ist es tatsächlich schon später Abend? Nein, draußen ist es noch immer hell. Ich stehe auf, ziehe mich rasch an und gehe zur Tür. Isolde ist im Flur mit einem vollen Tablett ausgerutscht, nun liegt sie da und flucht. Der Zuckerstreuer ist bis zum Ende des Ganges gerollt und hat eine dünne Spur quer durch den Raum gezogen. Auch die Teekanne ist kaputt – Hals und Henkel sind abgebrochen. *Wie amputiert*, denke ich bei ihrem Anblick und sehe jetzt die dicke Katze an dem Zuckerstreuer. Mit leisem, gleichmäßigem Schmatzen leckt sie mit ihrer kleinen roten Zunge erst an der Öffnung und dann an der Zuckerspur. Isolde sitzt in einer Lache aus vergossenem Tee, die sich fast über den gesamten Fußboden erstreckt, und schaut etwas beschämt zu mir hoch. Ich helfe ihr wieder auf die Beine und setze sie auf eine Couch im Wohnzimmer. Jetzt sehe ich, dass sie sich bei ihrem Sturz das Knie aufgeschlagen hat, das Blut rinnt ihr über das

Schienbein. Ich laufe ins Badezimmer und hole ein Pflaster. Isolde zittert und zuckt, als ich das Pflaster auf die Wunde klebe; sie nickt bei allem, wobei ich nicht weiß, ob das Ausdruck ihrer Dankbarkeit ist, oder ob sie mir damit sagen will, dass ich alles richtig und gut mache. Wahrscheinlich bedeutet es beides.

»Du bleibst jetzt erst mal sitzen«, sage ich und wische den Tee im Flur auf, kehre die Scherben zusammen und setze neues Wasser auf. Das alles geschieht mit einer Sicherheit und Selbstverständlichkeit, die mich selbst überrascht. Schließlich stehe ich mit neuem Tee und zwei Tassen bei ihr im Wohnzimmer, da sehe ich sie auf der Couch schlafen.

Einem Menschen zu helfen – wie das doch eine ganz eigene und plötzliche Vertrautheit schafft! Ich denke an Fabian und daran, wie der gestern Abend im Bad neben mir gehockt ist und die blutende Wunde versorgt hat. In dem Moment war alles wieder in Ordnung zwischen uns.

Ich lasse Isolde schlafen und wecke sie dann nach einer Stunde. Sie erschrickt, als sie auf die Uhr sieht, und geht schnell ins Bad. Eine halbe Stunde später verabschieden wir uns. Dann bin ich allein.

Mit Fabian ist nicht viel anzufangen – weiß der Teufel, wo der jetzt steckt –, und Isolde ist die nächsten drei Tage in Straßburg. Ich habe ihre Wohnung für mich allein, Nina glaubt mich bei Sebastian in Paris - ich werde sie einstweilen schmoren lassen. Soll sie sich mit ihrem Florian amüsieren! Ich wundere mich selbst über meine Gelassenheit, nehme sie aber dankbar an.

Unternehmungslustig verlasse ich die Wohnung. Plötzlich scheint alles zu funktionieren: An keiner Ampel brauche ich stehen zu bleiben, wie auf Befehl springen sie bei meinem Erscheinen auf Grün um, der Verkäufer am Kiosk, bei dem ich dann eine Karte zum Telefonieren kaufe, wünscht mir einen schönen Tag und lächelt. Schließlich, als ich die Danziger Straße überqueren will, hält sofort ein Wagen, und der Fahrer winkt mir durch die Scheibe.

Dann höre ich ein Gebrüll hinter mir und blicke mich erschreckt um: Ein Mann in Sandalen, kurzer Hose und verschwitztem, kurzärmeligem Hemd, das ihm an der Brust klebt, hält in der Hand eine Bierdose, aus der es alle Augenblicke geradewegs auf sein Hemd schwappt, er aber stört sich gar nicht daran. Er hat unzählige winzige Schweißperlen auf seiner Stirnglatze und krakeelt so ungeniert, dass man sich nur wundern kann.

Als ich schon wieder weitergehen will, steht plötzlich diese feiste Gestalt vor mir, die Bierdose noch immer in der Hand und hat sich jetzt keinen Meter entfernt vor mir aufgebaut. Ich kann seinen Bieratem riechen und eine kleine Warze über der Oberlippe erkennen. Sofort weiche ich einen Schritt zurück, da grinst mich der Mann an, klopft mir mehrmals unsanft auf die Schulter und ruft: »Mensch, Bernd – vor Zufällen ist man doch nie sicher!« Dabei spuckt er mir ein Speicheltröpfchen ins Gesicht. Sofort wische ich es mit dem Ärmel von der Wange und sage, es könne sich hier bloß um eine Verwechslung handeln, ich kenne ihn nämlich zum Glück gar nicht und heiße außerdem nicht Bernd. Der andere aber lässt sich nicht beirren und stupst mich mit dem Zeigefinger gegen die Brust: »Mir machst du nichts vor – los, Alter, was soll denn das?« Er wiehert jetzt, und man kann die Goldzähne in seinem aufgerissenen Mund sehen. Ich winke bloß ab und will gehen, als der Mann mich grob an der Schulter festhält.

Das ist zuviel: Ich schubse ihn hastig fort, und der Mann kippt, trotz seiner Masse, langsam, wie in Zeitlupe nach hinten um und schleudert noch im Fallen seine Bierdose fort. Jetzt schauen einige Leute zu uns hinüber, ein junger Mann hilft dem zeternden Dicken sogar wieder auf die Beine, der lautstark schimpft und sich wütend davonmacht.

Den bin ich los, denke ich. Genau so hat es zu funktionieren: Sich von nun an nichts mehr gefallen lassen! Kein Warten. Kein Zaudern. Keine Trägheit.

Handeln.

Vorwärts gehen.

Leben.

Zehn

Ich spaziere die Schönhauser Allee hinauf und wundere mich über die vielen Überraschungs- und Geschenkbasare – *Rudis-Reste-Rampe, Conny's-Container* und *Queen of Presents* finden sich hier an jeder zweiten Ecke, an etwa jeder dritten ist ein *McPaper*-Laden, alle zehn Meter stößt man auf eine Buchhandlung oder einen Grillimbiss, und man muss sich angesichts dieser Umstände fragen, ob sich die Menschen hier unentwegt beschenken, Briefe schreiben, lesen oder Hähnchen und Döner essen.

Wie schon in der Husemannstraße sind hier auf der Schönhauser Allee viele Fassaden saniert, *städtebauliche Faceliftingskatastrophen* hat das Götz, ein Freund von mir, einmal genannt, er studiert Architektur im einundzwanzigsten Semester. Einmal bin ich auf einer Party mitten in eine seiner berüchtigten Küchendiskussionen geplatzt, er sprach von *architektonischer Raffinesse* und lobte irgendetwas über den grünen Klee. Ich nahm zunächst an,

Götz spräche über den Potsdamer Platz, über das Sony Center oder das Debis-Haus, über Baller, Jahn, Renzo Piano oder Sir Norman Foster, womöglich über ein neues Museum in Berlin oder ein neues Botschaftsgebäude.

Schließlich aber stellte sich heraus, dass von den öffentlichen Toilettenhäuschen die Rede war, von denen, die sich selbst reinigen, in denen man für fünfzig Pfennig sogar musikalische Begleitung erhält, und aus denen Nina einmal mit selig leuchtenden Augen wieder hervortrat, weil die Toiletten auch innen so sauber und adrett waren. Seit dieser Hymne auf die Klohäuschen hat Götz in meinen Augen schlagartig an Kompetenz eingebüßt.

Ich mache mich auf den Weg in die Raumerstraße. Sarah, eine alte Schulfreundin von mir, die ich alle zwei Monate einmal treffe, wohnt dort, ich werde sie jetzt besuchen. Sie ist die Einzige, die Nina nicht kennt, sie sind sich noch nie begegnet, also kann ich davon ausgehen, dass sie mich nicht nach Nina fragen wird, so wie Sarah einen ohnehin *nie* nach irgendetwas fragt. Dafür kann sie zwei Stunden ohne Unterbrechung erzählen, und das ist genau das, was ich jetzt brauche.

Sarah studiert Gesang an der Musikhochschule.

Offenbar ist sie sehr begabt, denn sie kann sich schon jetzt vor Engagements kaum retten.

In der Raumerstraße sieht es übrigens nicht ganz so adrett aus wie bei Isolde in der Husemannstraße. Dort habe ich vorhin an einer noch ungeschminkten Häuserwand gelesen: *Hafenstraße verteidigen!* In diesem Fall kann es sich nur um eine alte Aufschrift handeln. Vor ein paar Jahren noch mag sie wohl in diese Straße und Gegend gepasst haben, jetzt wirkt sie hier so komisch deplatziert wie *Ilse's Bierecke* in der nächsten Querstraße; *Ilse's Bierecke* und *Hafenstraße verteidigen!* sind hier so traurig-verkehrt, wie eine Cola zum zarten Kaninchenrücken zu bestellen. Aber Ilse war womöglich zuerst hier, und als jene Aufschrift an die Häuserwand gepinselt wurde, gab es am Kollwitzplatz vermutlich noch keine Lokale mit Tischen und Stühlen und Lampen vom Designer und mit Kellnern im Smoking.

Leider ist Sarah nicht zu Hause. Enttäuscht fahre ich mit der Straßenbahn nach Pankow und mache einen Spaziergang im Schloßpark. Viele junge Frauen laufen mit Kinderwagen herum; überhaupt habe ich wieder einmal den Eindruck, dass die Mütter im Osten dieser Stadt alle etwas jünger sind als im Westen. An einem Baum gelehnt sitzt ein älterer Mann, er hat einen Stapel Zeitungen vor sich liegen und liest jetzt in einem orangefarbenen Buch: *Daten deutscher Dichtung* steht darauf. Weil ich den Verfasser meines Gedichts noch immer nicht in Erfahrung gebracht habe, spreche ich den Mann kurzerhand an, er grinst und meint, das Buch hätte er für seinen Sohn gekauft, der jetzt an der Humboldt-Universität Germanistik studiere, ich könne aber gern einen Blick hineinwerfen. Das tue ich, aber auch die *Daten deutscher Dichtung* können mir nicht weiterhelfen.

Schließlich ist es später Nachmittag, ich bin ein bisschen erschöpft von meinem Spaziergang und sitze im *Café Eckstein* im Prenzlauer Berg.
   Hier also sind sich vor ein paar Wochen Fabian und Isolde begegnet. Bei der Kellnerin, die schon mit Stift und Block an meinem Tisch steht, bestelle ich ein Bier. Es dauert keine zwei Minuten, da ist sie schon wieder zurück und stellt es, fast im Vorbeigehen, vor mir auf den Tisch, so stürmisch, dass es über den Rand auf den Bierdeckel schwappt. Sie lächelt entschuldigend, und ich lächele zurück.
   Wie so oft, wenn ich etwas getrunken habe, werde ich auch jetzt neugierig und blicke mich um. Am Tisch an der Eingangstür sehe ich ein

Paar vor ihren Rotweingläsern sitzen. Die Frau klopft unablässig mit dem Nagel ihres Zeigefingers an den Glasrand und starrt stumm vor sich hin. Sie blickt kein einziges Mal auf, obwohl ihr Freund hin und wieder ganz leise etwas zu sagen scheint und dabei kaum merklich die Lippen bewegt. Auch er sitzt trübe vor seinem Glas und schaut nur gelegentlich der Kellnerin nach, allerdings nur aus den Augenwinkeln, den Kopf bewegt er dabei nicht, so dass seine Freundin nichts bemerkt. Als ich die beiden so stumm an dem Tisch sitzen sehe, muss ich an ein wirklich rührendes Gedicht von Erich Kästner denken, *Sachliche Romanze* heißt es. Kästner beschreibt darin, wie ein Paar plötzlich die Liebe füreinander verliert, ohne dass einer von ihnen weiß, wieso und weshalb. Sie sitzen in einem Café, sie sitzen allein dort und sagen kein Wort und können das alles nicht fassen. Vielleicht ergeht es den beiden am Nebentisch ebenso.

Die Kellnerin steht jetzt an meinem Nebentisch. Sie hat den rechten Arm in die Hüfte gestemmt, in der Hand noch ein Tablett, von dem es tropft, und lehnt mit der linken an der Tischkante. Dort sitzt ein halbes Dutzend junger Männer, alle lachen und schwatzen durcheinander, und hin und wieder sagt die Kellnerin etwas oder stimmt in das Gelächter ein. Irgendwie wirkt sie dort trotzdem fehl am Platze, die Männer beachten sie außerdem kaum, aber sie scheint es gar nicht zu bemerken. Einmal kneift ihr einer von ihnen übermütig und frech in den Po, sie erschrickt darüber und gibt ihm scherzhaft eine Ohrfeige, dreht sich dann aber um und geht mit ernster Miene zurück an die Theke. Von nun an ist sie rasch wieder verschwunden, wenn die Männer nach ihr rufen, und nimmt nur noch unlustig und knapp ihre Bestellungen entgegen. *Jetzt hat sie endlich genug von denen*, denke ich und lächele ihr zu, als sie mit dem Bier an meinen Tisch kommt, und sie lächelt zurück. Ihr Parfüm liegt hinterher noch eine Weile in der Luft. Es ist ein angenehmer Duft, und erst jetzt fällt mir ein, dass die Frau aus der U-Bahn, der ich dann in der letzten Nacht bei Fabian begegnet bin, nach einem Männerparfüm gerochen hat.

Als sich drei neue Gäste an meinen Tisch setzen und hektisch und laut und ungeduldig nach der Kellnerin winken, bezahle ich eilig bei ihrer Kollegin, lasse mein noch halb volles Glas stehen und gehe.

Schließlich stehe ich wieder vor Isoldes Wohnung, höre, als ich in ihrem Hausflur stehe, Musik aus der Nachbarwohnung und fühle mich heimisch und am rechten Platz hier.

Ich ziehe mich in Isoldes Schlafzimmer aus, lege die Uhr ab, die vor einer halben Stunde wieder stehen geblieben ist, schalte das kleine Radio ein, das auf dem Nachttisch steht und schlafe dann trotzdem augenblicklich ein.

Als ich am nächsten Morgen die Küche betrete, finde ich einen Zettel, den Isolde geschrieben hat:

Katzenfutter ist im linken Küchenschrank. Gib ihr zweimal am Tag einen Napf (nicht naschen!). Ansonsten bediene dich. Bis bald, Isolde.

Ich gebe der Katze Futter und frühstücke; eine Stunde später verlasse ich die Wohnung.

In der Neuen Nationalgalerie ist eine Ausstellung von David Hockney, einem Maler, der, wenn er sich einsam fühlt, stundenlang mit seinem Auto durch die Gegend fährt. Ich habe das vor ein paar Wochen gelesen und dabei an Bölls Katharina Blum gedacht, die das auch tut, und die mir, als ich das Buch damals in der Schule lesen musste, auf Anhieb sympathisch war.

Normalerweise brauche ich Wochen, um mich aufzuraffen, in eine Ausstellung zu gehen. Von jetzt an aber will ich nichts verpassen und nichts auf die lange Bank schieben und nehme mir daher vor, sofort in die Hockney-Ausstellung in der Neuen Nationalgalerie zu gehen. *Von jetzt an!* Mir fällt auf, wie oft ich an diese Formel gedacht habe an den letzten beiden Tagen.

Elf

Die Ausstellung ist wirklich klasse; ich kann von den vielen bunten Bildern gar nicht genug bekommen und mich nicht satt sehen an ihnen. Dann entdecke ich Britta, eine Freundin von Nina, die vor einem der Bilder steht. Sie ist so ziemlich die größte Plaudertasche, die ich kenne. Einmal hat sie behauptet, der Drogeriemarkt *Schlecker* sei pleite; sie erzählte es jedem, obwohl sie wusste, dass es ausgemachter Blödsinn war, und wollte einfach nur überprüfen, wie schnell sich ein solches Gerücht verbreitet. In ihrem Leben passiert offenbar nicht schrecklich viel; sie arbeitet als Versicherungsfachangestellte (wobei sie das *Fach* besonders betont), und vermutlich braucht sie einfach irgendeinen Ausgleich für ihr ödes Dasein. Philip kann sie nicht leiden, und als sie ihm einmal stolz erzählte, sie arbeite als Versicherungs*fach*angestellte, da machte er sie darauf aufmerksam, dass auch *Fach*idioten letzten Endes Idioten seien. Von da an war es endgültig aus zwischen ihnen.

Ob sie schon mit Nina gesprochen hat?

So groß Berlin auch ist, ich muss mich doch ein bisschen vorsehen, dass ich nicht einer Freundin von Nina oder gar ihr selbst in die Arme laufe. Bei Isolde im Prenzlauer Berg bin ich relativ sicher, denn Steglitz, wo ich mit Nina wohne, ist weit weg; manchmal allerdings wundert man sich, wen man alles selbst in den entlegeneren Stadtteilen trifft. Kürzlich erst bin ich den Krohns im Pankower Schlosspark begegnet. Vermutlich glaubten sie, sie könnten sich dort, im Osten der Stadt, einmal in aller Ruhe streiten, denn ich hörte sie schon von weitem zetern und krakeelen. Beide haben ganz verblüfft geschaut, als sie mich sahen und konnten kaum glauben, dass tatsächlich ich es war, der da an ihnen vorbeispazierte.

Zum Glück hat mich Britta noch nicht entdeckt, und da ich ohnehin fast alles von David Hockney gesehen habe, gehe ich und fahre mit der Bahn zum Nollendorfplatz, esse eine Kleinigkeit bei meinem Lieblingsinder *Rani* in der Goltzstraße (nicht weit vom Winterfeldtplatz, wo ich gestern noch auf Philip gewartet habe), setze mich dann wieder in die U-Bahn und fahre zum Prenzlauer Berg. Hier ist die Gefahr, auf Leute wie Britta oder gar auf Nina zu treffen, nicht so groß. Steglitz ist im Westen, Prenzlauer Berg im Osten der Stadt.

In der U-Bahn verkauft jemand die Obdachlosenzeitung *Motz*. Ein junger Mann in Trenchcoat, der mit seinem Handy telefoniert, greift in seine Jackentasche und nestelt in seinem Portemonnaie, ruft durch das ganze Abteil nach dem *Motz*-Verkäufer, lässt sich eine Zeitung geben, steckt dem Mann umständlich und so, dass jeder es sehen kann, einen Schein zu, winkt ab, als der Verkäufer ihm das Restgeld geben will, und telefoniert weiter. Der Verkäufer steigt bei der nächsten Haltestelle eilig aus, und da bemerkt der Mann mit dem Trenchcoat, dass er soeben seinen *Motz* nicht für 10, sondern für 100 Mark gekauft hat, denn er hat sich bei dem Geldschein vertan. Er flucht und verlässt bei der nächsten Station die Bahn, und niemand der anderen Fahrgäste kann sich ein breites Grinsen verkneifen.

Philip ist einmal etwas ganz Ähnliches passiert: Er hat in der *Bar am Lützowplatz* einen Cocktail versehentlich mit einem 100-DM-Schein bezahlt und den Irrtum erst bemerkt, als er schon wieder auf dem Heimweg war. Er ist daraufhin zurückgegangen und hat die Kellnerin mit seinem 100-DM-Schein in der Tasche auf das Versehen aufmerksam gemacht. Der war die Sache unheimlich peinlich, aber bevor sie ihm das Geld zurückgeben konnte, lud Philip sie nach Feierabend – von »ihrem gemeinsamen Geld« – zu einem Cocktail ein; die beiden haben so viel getrunken, bis die hundert Mark aufgebraucht waren, und sich einen schönen Abend gemacht.

An der Station Eberswalder Straße steige ich aus. Vor plötzlich einsetzendem Glück über diesen Tag – der Anfang von irgendwas? – fange ich auf der Schönhauser Allee an zu laufen, renne mehrere hundert Meter, vorbei an Spaziergängern, die sich verwundert nach mir umdrehen, bis ich schließlich außer Atem stehen bleibe. Wie gestern versuche ich es bei Sarah in der Raumerstraße, und heute habe ich Glück. Zwar muss sie in zwei Stunden zum Gesangsunterricht, doch sie freut sich über meinen Besuch und zeigt mir stolz ihr neues Sofa, eine echte Scheußlichkeit mit Tigermuster, für das sie angeblich ein halbes Jahr gespart hat. Ob sie einen Kaffee machen solle? Ich möge etwas Kuchen holen, bittet sie mich; also laufe ich zum Bäcker und sehe in der Auslage etwas, das *Liebesknochen* heißt. Wie muss jemand aussehen, der auf die Idee kommt, etwas zu backen, das man *Liebesknochen* nennen kann? Diese Welt ist schon eine komische!

Mit dem Liebesknochen habe ich dann auch prompt den Geschmack von Sarah getroffen: »Hätte ich gar nicht gedacht, dass du mich so gut kennst!« Ich beschließe, ihr diese Illusion nicht zu rauben; stattdessen plaudern wir über dies und das, und es gelingt mir, mit keinem Wort Nina zu erwähnen. Außerdem habe ich einmal mehr den Eindruck, dass es Sarah sowieso nicht sonderlich interessieren würde – sie spricht begeistert und ohne Pause von ihren Engagements und ihrem neuen Gesangslehrer. Sie wundert sich noch nicht einmal, dass ich am hellichten Tage bei ihr aufkreuze, obwohl ich, wie sie weiß, eine Buchhandlung führe. Stattdessen fragt sie, ob ich bereits in den neu eröffneten Allee-Arcaden an der Schönhauser Allee gewesen sei. Ich verneine.

»Na, das passt doch wunderbar«, sagt sie, »die liegen genau auf dem Weg zu meinem Gesangslehrer.« Wir ziehen gemeinsam los.

Die Allee-Arcaden sind so ziemlich das Scheußlichste, was den Städteplanern und Architekten einfallen konnte: Hinter der pompösen Fassade verbirgt sich eine Fressbude neben der anderen, eine Hundertschaft von Rentnern drängelt sich an einem Stand, und alle bestellen sie Kohlrouladen und Rosinenbrötchen, die sie dann im Stehen so hastig verdrücken, als hätten sie bloß noch zehn Minuten zu leben. Überall wird geschubst, es ist wie im Fußballstadion, wenn Hertha BSC vor ausverkauftem Haus gegen Bayern München spielt. Sarah aber ist begeistert.

Hinterher begleite ich sie zu ihrem Gesangslehrer, um zu überprüfen, ob ihr Geschmack hinsichtlich Männern mit ihrem Tigerfellsofa und den Schönhauser Allee-Arcaden korrespondiert, und muss leider feststellen, dass genau dies der Fall ist: Der Mann ist klein und buckelig, hat kurze graue Haare und erinnert mich irgendwie an den Philosophen Lichtenberg. Mir ist offen gestanden vollkommen schleierhaft, was Sarah an ihm findet. *De gustibus non disputandum*, sage ich mir und lasse Sarah allein mit dem singenden Lichtenberg.

Ich gehe zurück zu Isoldes Wohnung, sie hat inzwischen angerufen und auf den Anrufbeantworter gesprochen. »Denkst du auch an meine Katze?«, will sie wissen. Wenn ich irgendwelche Schwierigkeiten hätte, solle ich sie unter folgender Telefonnummer anrufen, Straßburg sei eine wunderschöne Stadt, und wenn ich das nächste Mal Fabian sähe, solle ich ihn bitte grüßen.

Fabian – was mag der jetzt tun? Ich rufe in seiner Agentur an, doch man sagt mir, er sei heute nicht erschienen. Auch unter seiner Privatnummer ist er wieder nicht zu erreichen. Anschließend rufe ich Sebastian in Paris an. Er meint, er müsse von nun an seinen Namen wechseln, *Münchhausen* wäre inzwischen passender, denn Nina habe bereits dreimal angerufen, und er habe sich jedes Mal eine andere Ausrede einfallen lassen müssen, weshalb ich nicht da sei, und langsam verliere er die Lust, sie unentwegt anzuschwindeln.

Ich gehe in die Küche und schiebe eine Pizza in den Ofen, trinke einen Rotwein dazu, schaue nach dem Essen etwas fern und denke an Nina. Himmel, weshalb wird man immer wieder enttäuscht, so sehr, dass einem glatt die Luft wegbleibt? Auch bei Isabell bin ich damals wie aus allen Wolken gefallen, als sie mir klar machte, dass sie seit sechs Wochen eine Liaison mit einem ihrer Kommilitonen habe!

Ich gehe zum Telefon und rufe Nina an. Nach ein paar Sekunden aber lege ich wieder auf.

Es ist inzwischen neun Uhr, ich ziehe mich an und gehe hinaus. In der Dunckerstraße brennt ein Müllcontainer, und alle Augenblicke wirft jemand etwas aus dem Fenster im dritten Stock in den Container hinein: Kleider, Schallplatten, Blumen.

Die Leute, die um ihn herumstehen, lachen und grölen dabei, bis einer von ihnen schlagartig den Humor verliert, weil er versehentlich von einem Schuh getroffen wird. Dann kommt die Feuerwehr, und die Fenster im dritten Stock werden im nächsten Augenblick wieder geschlossen.

Schließlich sitze ich, wie schon am Abend zuvor, im *Café Eckstein*. Die Kellnerin ist dieselbe wie gestern, und ich freue mich, als sie mir zunickt und mir damit zu verstehen gibt, dass auch sie mich wieder erkannt hat. Ich bestelle ein Bier, auch jetzt wird es gleich gebracht.

Im *Eckstein* ist es ziemlich voll, überall wird geschwatzt und gelacht, bloß mein Nachbartisch ist noch unbesetzt. Eine brennende Kerze steht darauf, als hätte da eben noch jemand gesessen oder würde jeden Augenblick erwartet. Ich nehme sie, stelle sie auf meinen eigenen Tisch und sehe die Kellnerin eilig durch das Lokal laufen, auf ihrem Unterarm zwei große Salatteller, die sie schließlich auf einen Tisch in der Ecke stellt. Als sie mich und meinen Blick bemerkt, lächelt sie und gibt mir zu verstehen, dass sie gleich kommt und mich bedient. Kurze Zeit später dann setzen sich zwei junge Frauen an den Nachbartisch und unterhalten sich über die letzte Bundestagswahl. Selbst Ausdrücke wie *Kompromisslösung*, *Leitzinssenkung* oder gar *aggressive Lebensfreude*, die ich höre, stören mich nicht.

Als Nächstes betritt eine Reisegruppe das Lokal, umständlich und geräuschvoll rücken sie zwei Tische zusammen, die Männer tragen Stühle herbei; einer von ihnen – er trägt ein T-Shirt mit der Aufschrift *Wir sind die Guten!* und hat schon deshalb sofort verspielt – steht an der Theke und bestellt lautstark für alle Getränke. Sie sprechen über die lange und anstrengende Fahrt (aus München kommen sie, wie ich höre), über die rücksichtslosen Autofahrer dieser Stadt, die sich angeblich weder um Zebrastreifen noch um rote Ampeln scheren, und über die Pläne für die kommenden Tage. Gerade, als ich aufstehen und mir eine Zeitschrift holen will, schaut mich jemand aus der Gruppe an; ich fühle den Blick und sehe hinüber in das Gesicht einer Frau. Sie kaut an einem Stück Brot und starrt mich noch immerzu an. Ich bleibe sitzen. Dann aber spricht sie schon wieder mit ihrem Sitznachbarn.

Ich habe mich sicher vertan, die hat gar nicht mich angesehen, denke ich und greife nach meinem Glas. Die Frau ist älter als ich, vierzig vielleicht, und wirkt gar nicht wie jemand aus einer Stadt wie München, eher dörflich oder doch kleinstädtisch. *Ein Kleinstadtgesicht*, denke ich. Trotzdem ist sie die Einzige, die aus der Gruppe hervorsticht, und das nicht allein wegen ihres großen Hutes, den sie trägt. Ich habe Schwierigkeiten, mir die anderen Gesichter einzuprägen; jetzt, wo ich sie einzeln wahrnehme, verwechsele ich schon den Dritten mit dem Ersten. Alle reden durcheinander, bloß sie, die Frau mit dem großen Hut, sitzt unbeweglich und still auf ihrem Platz, obwohl sie es ist, mit der man spricht. Offenbar also gilt sie etwas an ihrem Tisch. Dann, plötzlich, höre ich die Frau sagen: »Wenn der Tunfisch sich nicht ununterbrochen vorwärts bewegt, erstickt er.«

Ich bin begeistert!

Gibt es eine bessere Metapher, das Motto meines Lebens auszudrücken? *Von jetzt an musst du handeln!* – sie sagt doch exakt das Gleiche! Also: Von jetzt an *muss* etwas passieren, von jetzt an *muss* ich etwas tun, *muss* ich etwas ändern. Mich freischwimmen – *das* ist es! Was zählt, ist das Jetzt und die Sekunde, nicht der volle Tag und nicht gestern und morgen, sondern heute und jetzt.

Sofort hole ich etwas zu schreiben aus meiner Jacke und notiere ihren Satz auf einen Bierdeckel: *Wenn der Tunfisch sich nicht ununterbrochen vorwärts bewegt, erstickt er.* Zu gern hätte ich erfahren, was genau die Frau damit gemeint hat, und ob sie vielleicht sogar das Gleiche damit verbindet wie ich.

Als kurze Zeit später eine Kollegin von Nina das Café betritt, trinke ich schnell mein Bier aus und gehe.

Zwölf

Es dämmert schon, die Straßenbeleuchtung ist bereits eingeschaltet, und ich höre das leise Brummen, als ich unter einer Laterne stehe. Die Scheinwerfer der Autos blenden mich aus der Ferne, und ich höre das Sirren der Dynamos von vorbeifahrenden Fahrrädern. Plötzlich hält jemand neben mir, die Bremsen des Rades quietschen so laut, dass ich erschrecke. Erst als die Person abgestiegen ist, erkenne ich die Kellnerin aus dem Lokal wieder.

Habe ich vergessen zu zahlen?, geht es mir durch den Kopf, doch dann sehe ich, dass die Frau ein gelbes Kleid trägt und nicht mehr den schwarzen Rock und die weiße Schürze wie eben noch im *Eckstein*; offenbar hat sie jetzt Feierabend. Sie lächelt und läuft, das Rad schiebend, neben mir.

»Ich hab mich ein bisschen gewundert, weil du gestern abend so schnell verschwunden bist«, sagt sie. Ich weiß nicht so recht, was ich darauf erwidern soll, und murmele etwas von großer Müdigkeit. Sie lässt nicht locker. »Kommst du aus Berlin? Du klingst eher norddeutsch.« Mir geht sie allmählich auf die Nerven.

Plötzlich aber habe ich Lust, zu spielen: Habe ich nicht alles in der Hand? Ich kann aus mir und meiner Geschichte machen, was ich will! Diese Frau kennt mich nicht, sie weiß gar nichts von mir und würde alles glauben müssen, was ich ihr erzähle. Ich bemerke, dass sie fast an jedem ihrer Finger einen Ring trägt (warum ist mir das vorhin nicht aufgefallen?); schwere, breite Ringe über zierlichen Fingern. Noch immer schiebt sie ihr Fahrrad. Sie ist kaum kleiner als ich, hat schulterlange, blonde, glatte Haare. Eine zierliche Erscheinung mit kräftigen Unterarmen und muskulösen Waden. *Wie lange kellnert sie wohl schon?*

Ich kann ihre schmalen Fesseln sehen, und ihre hübschen dunkelblauen, samtenen Pumps. Ihr gelbes Kleid mit dem weißen, schmalen Rautenmuster liegt eng an ihrem Körper. Was soll ich ihr erzählen?

Ich könnte mich als Postbeamter ausgeben, als Schauspieler, als Komponist, als Schriftsteller oder als Damenfriseur. Kann sagen, was ich will, und sie wird es glauben müssen. Wenn ich mich doch verrate, ist es auch egal, ich kenne die Frau nicht, und sie ist mir auch eigentlich egal.

Philip ist übrigens in dieser Hinsicht ein großer Künstler: Immer wieder tischt er Frauen, die er irgendwo kennen lernt, die haarsträubendsten Lügengeschichten auf, gibt sich als Manager einer Plattenfirma aus, als Fotograf oder als Talentsucher für Nachwuchssängerinnen, und immer wieder fallen die Frauen reihenweise auf seine Geschichten herein. Einmal aber ist Folgendes passiert: Philip und ich saßen im *Café November*, einer höllisch schlechten Kneipe im Prenzlauer Berg, in dem offenbar nur jemand eingestellt wird, der auch einen wasserdichten Unfreundlichkeitsnachweis erbringen kann, und plötzlich kam eine Frau auf uns zu und sprach Philip an. Sie kenne ihn und habe kürzlich im Fernsehen ein Porträt von ihm gesehen. Die Frau sah wirklich umwerfend aus, und durch geschicktes Fragen gelang es Philip, herauszufinden, von wem die Frau da eigentlich sprach, ohne dass sie ihren Irrtum bemerkte. Er stellte mich schließlich als seinen Manager vor, der aber leider in zehn Minuten schon wieder gehen müsse. Philip rief mich am nächsten Tag an und erzählte, dass er der Frau eine Rolle in einem seiner nächsten Filme versprochen hätte, und da endlich sei sie bereit gewesen, sich einmal in aller Ruhe seine Wohnung anzusehen ...

Philip ist ein intelligenter Schlawiner, der

häufig in Schwierigkeiten steckt, aber immer wieder auf die Füße fällt. Und er ist ein ehrlicher Schwindler (so hat es Nina einmal ausgedrückt), der den Leuten bloß sagt, was sie hören wollen. Er gehört nicht zu denen, die sich viel Gedanken um sich und die Welt machen, und weil er gut damit fährt, sieht er nicht im Mindesten ein, warum er das ändern soll. Oft bewundere ich ihn, denn ich bin anders, und manchmal wünsche ich mir, so wie er zu sein.

Gerade will ich ansetzen und der Kellnerin irgendeinen Schwindel erzählen, da bleibt sie auf einmal stehen, schaut in den Himmel und zeigt auf den phantastischen Vollmond. Sie steht minutenlang mit offenem Mund da und starrt schweigend in den Nachthimmel, als habe sie so etwas noch nie gesehen. Und wie ich sie da so stehen sehe mit ihrem zierlichen Hals und dem gelben Kleid, und sehe, wie sie eine halbe Ewigkeit in den Himmel blickt, ohne ein Wort zu sagen, verliere ich plötzlich die Lust auf meine Schwindelgeschichte.

»Ich heiße Hannes«, sage ich zu ihr.

»Marie«, stellt sie sich vor und will noch mehr wissen von mir, und so erzähle ich von meiner Buchhandlung und von dem jungen Schriftsteller, der vor einiger Zeit bei mir gelesen hat und sich am Ende nicht mehr im Stuhl halten konnte, weil er so viel getrunken hatte. Und weil Marie darüber lacht, erzähle ich ihr auch von der bücherbesessenen Kundin, der ich dann in der Volkshochschule in dem Leselernkurs für Erwachsene begegnet bin.

Marie lacht wieder und sagt, sie habe ihr Sprachenstudium abgebrochen und würde, solange sie nichts Besseres fände, in dem Lokal servieren.

»Was ist denn etwas Besseres?«, will ich von ihr wissen, und sie antwortet, sie wüsste es selbst nicht so genau, vielleicht eine Arbeit als Dolmetscherin. »Ich wohne in Kreuzberg«, sagt sie. Wir steigen in die U-Bahn und fahren bis zum Bahnhof Prinzenstraße. Marie fragt gar nicht, weshalb ich sie begleite, möglicherweise denkt sie auch, ich wohne zufällig in der gleichen Ecke.

Inzwischen ist es fast dunkel; obwohl Marie das Fahrrad schiebt, schaltet sie ihr Licht ein. Als wir am Prinzenbad, einem großen Freibad, in dem ich mit Fabian schon öfter war, vorbeikommen, bleibt sie stehen. »Hast du Lust, eine Runde zu schwimmen?«

Ich schaue etwas verdutzt.

Marie scheint meine Gedanken lesen zu können: »Ich habe auch keine Badesachen dabei, aber es ist doch dunkel, da sieht man schon nichts.« Sie schließt ihr Fahrrad an den Zaun, zieht mich lachend an einer Hecke entlang zu einer Stelle, wo ein großes Loch klafft, durch das wir bequem schlüpfen können. Wir sind nicht die Einzigen; hinten im Kinderbecken sehe ich ein paar Jugendliche mit einem Ball spielen, und auch im großen Becken schwimmt jemand. Offenbar kennt man sich bereits, Marie winkt ihnen zu, und einer ruft lachend irgendetwas zu ihr herüber.

»Ich bin fast jeden Abend nach der Arbeit hier«, meint sie, »selbst wenn es manchmal spät wird.« Marie setzt sich auf eine Bank und zieht Schuhe und Strümpfe aus. Ich setze mich neben sie, knöpfe mir das Hemd auf, und im nächsten Augenblick ist sie schon mit einem Schrei ins Wasser gesprungen. Ich hüpfe hinterher, das Wasser ist kalt und nimmt mir den Atem, ich schwimme ein paar Meter und tauche, kann Marie aber nirgends entdecken. Plötzlich prescht sie hervor, direkt vor meiner Nase, und ich stoße vor Schreck einen Schrei aus und lache dann laut.

Als wir beide am Beckenrand stehen, höre ich aus dem Kinderbassin ein Geschrei, jemand flitzt an uns vorbei und zischt Marie etwas zu.

»Die Polizei ist gekommen!«

Für eine Flucht ist es jetzt zu spät, wir können die Männer, die zwei Schäferhunde mit Beißkorb an der Leine führen, bereits durch das Gatter in das

Freibad kommen sehen. Marie zieht mich hinüber zu dem Plantschbecken; es gibt dort eine Nische, wo wir unentdeckt bleiben können.

Ich sehe ihre kleinen Brüste, die zittern, vor Aufregung oder vielleicht auch wegen der Kälte, sehe ihre ängstlichen Augen, als sie das Hundegebell hört und nehme sie zur Beruhigung in den Arm.

»Hol einmal tief Luft«, sage ich, und dann ziehe ich sie unter Wasser. Irre ich mich, oder hat sie mich eben tatsächlich unter Wasser geküsst? Sie hält mich jetzt an den Händen und auf diese Weise unter der Oberfläche. Die paar Sekunden unter Wasser kommen mir vor wie eine Ewigkeit: Wie ruhig und dunkel es hier ist, ich kann das Blut in meinen Ohren rauschen hören; Maries Gesicht ganz nah vor meinem; sie hat die Augen geöffnet; ich glaube, sie schaut mich an. Ich habe das Gefühl, noch stundenlang unter Wasser bleiben zu können. Dann, ganz langsam, tauchen wir wieder auf.

Die Polizisten sind inzwischen beim Kinderbecken und verschwinden dann. Marie prustet und hustet, ich strahle über das ganze Gesicht, und auch sie lacht jetzt und umarmt mich. Ich kann ihre kalte kleine Brust an meiner spüren, und einmal streift ihre Hand kurz meinen Oberschenkel.

Marie steigt aus dem Wasser und rennt um das Becken, ich laufe ihr hinterher. Nach zwei Runden sind wir trocken, stehen dann an der Bank und schlüpfen zitternd in unsere Kleider. Sie schließt ihr Fahrrad auf, setzt sich auf den Gepäckträger und ich strampele los, Marie gibt die Richtung an. Schließlich, in der Blücherstraße, bittet sie mich, vor einem Wohnhaus stehen zu bleiben und schließt ihr Fahrrad an einen Laternenpfahl. Alles ist wie selbstverständlich: Sie fragt mich gar nicht, ob ich mit hinein wolle, es ist wie eine ausgemachte Sache, wie eine Verabredung, und auch ich zögere keine Sekunde und folge ihr in das Haus.

»Ich möchte dir etwas vorlesen«, sagt Marie, während sie die Tür aufschließt, »Verse, die ich selbst geschrieben habe.« Sie hängt meine Jacke auf einen Haken in der Garderobe, führt mich dann in das Wohnzimmer, sagt, ich solle mich auf einen Stuhl setzen und auf sie warten und verschwindet in einem Nebenraum.

Ich höre, wie sie eine Schublade öffnet, höre Papierrascheln und sehe sie schließlich in der Tür stehen, mit einigen Bögen in der Hand. Marie setzt sich mir gegenüber auf einen Stuhl, neben ihr steht ein niedriger, quadratischer Holztisch, auf den sie die Bögen legt. Marie fragt mich, ob ich Lust auf einen Joint hätte. Ich nicke. Aus einer kleinen silberfarbenen Dose holt sie einen schon Fertiggedrehten heraus und zündet ihn an. Ich habe lange schon nicht mehr geraucht, zuletzt mit Fabian und Nina letztes Jahr im Spätsommer am Nikolassee. Nina hat sich dann hin-terher übergeben müssen, geradewegs in den See, die anderen Badegäste waren empört und schimpften, und keiner von denen hat an diesem Tag noch einen Fuß ins Wasser gesetzt. Nina musste plötzlich lachen darüber, und am Ende lagen wir alle drei am Boden und konnten uns nicht mehr halten.

Marie nimmt einen Zug und reicht mir den Joint; es hämmert wild in meinem Kopf, schwindelig und schwer ist mir, dann wieder fühle ich mich ganz leicht und schwebend. Ich sehe Marie aufstehen und höre sie etwas sagen, was ich allerdings gleich wieder vergesse. Während sie in einem Nebenraum verschwindet, blicke ich an die Decke und sehe einen Engel, einen lächelnden Kinderengel mit kleinen rosa Flügelchen. Ich wundere mich gar nicht über diesen Engel, grinse erst, lache dann laut und rufe etwas zu Marie hinüber. Als ich sehe, dass sie den Joint mitgenommen hat, laufe ich ihr nach, gehe zuerst in die

Küche, dann in das Schlafzimmer, und finde sie schließlich im Bad.

Sie sitzt auf dem Badewannenrand, ihr Kleid liegt auf dem Boden; nackt sitzt sie da, bis auf ihre heruntergezogenen, dicken grauen Wollsocken an ihren kleinen Füßen, und sieht mich stumm und lächelnd an. Ich gehe zu ihr, setze mich neben sie und streichele ihre Wange. Ich kann uns beide gegenüber in einem großen Spiegel sehen und rieche das Chlor in ihren Haaren; sie flüstert etwas, das ich nicht verstehe. Mir ist noch immer schwindelig, ich lächele und ziehe einmal kurz an dem Joint. Als ich ihre Schulter an meiner fühle und sie zögerlich meinen Bauch streichelt, stehe ich auf und ziehe mich aus. So sitzen wir am Ende nackt auf dem schmalen, kühlen Wannenrand. Sie streichelt wieder über meinen Bauch und legt ihre Wange an meine.

Marie hat die Augen geschlossen, als ich ihre Brüste berühre, die kleinen und runden, mit winzigen, hellen Brustwarzen. Ich streichele ihren flaumigen, schmalen Nacken, sie gleitet mit ihrer Hand über meinen Rücken und meine Brust, ich kann ihr gleichmäßiges Atmen hören, sie umfasst mich dann sanft und sacht zwischen den Beinen und fährt dort langsam und gleichmäßig auf und ab. Ich streiche mit meinen Fingern an ihrem

Oberschenkel entlang, sie setzt einen Fuß auf den Badewannenrand und spreizt dabei ihre Beine. Ich streichele ihren Bauch und wandere dann hinunter, bis ich ihre Scham berühre. Sie atmet jetzt schneller und hat die Augen geschlossen und den Kopf im Nacken, einmal zischt es drüben aus dem Waschbecken, immer schneller geht es auf und ab mit ihrer Hand zwischen meinen Beinen. Ich streichele über ihre Brüste und über ihren Hals, fühle ihren feuchten Schoß – dann ist es vorbei: Sie zuckt und holt tief Luft und atmet laut. Ihre Hand aber arbeitet munter weiter zwischen meinen Beinen, bis auch ich so weit bin.

Marie legt ihren Kopf auf meine Schulter und ich den Arm um sie. So sitzen wir beide noch eine Weile auf dem schmalen Badewannenrand. Erschöpft lege ich mich schließlich in die Wanne, sie dreht den Hahn auf, lässt das Wasser hineinlaufen und steigt dann zu mir. Ich schließe die Augen in glücklicher Mattigkeit. Langsam lässt auch die Wirkung des Joints nach.

Als Marie eine halbe Stunde später den Stöpsel zieht, hat sie mir so ziemlich jedes Gedicht deklamiert, das sie auswendig kennt.

Hinterher sitzen wir im Wohnzimmer, die Bögen mit ihrem Geschriebenen liegen noch immer auf dem kleinen, quadratischen Holztischchen. Kenne ich sie tatsächlich erst einige Stunden? Matt sitze ich auf der Couch, aber auch erleichtert und selig, und dann beginnt sie plötzlich zu lesen. Ich höre ihre Stimme, leise beginnt sie, ihre Verse zu lesen. Sie sind so schön, dass ich beim Zuhören eine kleine Weile das Atmen vergesse und eine Gänsehaut und weiche Knie bekomme von diesen Versen. Wie immer, wenn sich etwas vollkommen mit dem deckt, was mich berührt, was ich empfinde und was mich angeht, bin ich sprachlos. Marie liest wohl eine halbe Stunde, Gedicht für Gedicht. Sie ist eine wunderbare Vorleserin.

»Den Engel habe ich in einer Nacht vor zwei Jahren an die Decke gemalt, nachdem meine Mutter gestorben ist«, sagt sie, als ich mich von ihr verabschiede. Ich habe keine Sekunde daran gedacht, die Nacht über bei ihr zu bleiben, und auch sie hat es nicht erwartet und war gar nicht enttäuscht, als ich irgendwann aufstand und Fabians grüne Jacke nahm.

Als ich dann in Isoldes Bett liege, finde ich keinen Schlaf, sitze auf der Matratze und blättere in einer Zeitschrift, schalte das Radio erst ein, dann wieder aus. Im Haus ist es jetzt still, alles schläft. Einmal höre ich irgendwo ein Baby schreien und zwei fauchende und übereinander herfallende Katzen draußen im Garten. Außerdem knarrt der große alte Holzschrank hinter mir. Das Holz arbeitet, hat Philip einmal gesagt, und immer, wenn ich dieses Geräusch höre, muss ich an ihn und diesen Ausspruch denken.

War das, was da vorhin mit Marie passiert ist, schon das Ende der Geschichte von Nina und mir?

Hat womöglich das Gleiche auch schon zwischen Florian und ihr stattgefunden?

Sonderbar: Ich befinde mich keine zwanzig Kilometer entfernt von ihr und von unserer Wohnung, bin in derselben Stadt wie sie, nach einer halben Stunde Fahrt mit der S-Bahn wäre ich schon wieder bei ihr, und doch kommt es mir vor, als lebte ich seit drei Tagen in einer anderen Welt. Würde ich Nina jetzt anrufen, ihre Stimme käme mir vor wie aus einer anderen Zeit.

Ich schalte den Fernseher ein und sehe Jay Leno mit Arnold Schwarzenegger reden. Die beiden haben offenbar ungeheuer viel Spaß, schließlich gesellt sich noch Bruce Willis dazu, und die Runde wird noch fröhlicher. Leider verstehe ich nur die Hälfte, außerdem erscheint mir das Ganze ein wenig künstlich, jeder von denen drückt sich alle zehn Sekunden ein Lachen aus dem Bauch. Deshalb schalte ich auf einen anderen Kanal und sehe in einer anderen Talkshow Wolfgang Schäuble mit Gerhard Schröder diskutieren. Hier wiederum herrscht überzeugende Freudlosigkeit. Das ist ebenso wenig das, was ich suche, und so schalte ich den Fernseher wieder aus und gehe hinüber in die Küche, setze mich auf den Stuhl, lege meine Füße auf den Küchentisch, nehme einen Schluck aus der Wasserflasche, höre die Küchenuhr ticken, den Kühlschrank brummen, aus dem Wasserhahn tropft es gleichmäßig in die Spüle. Ich werde immer müder und schleppe mich schließlich ins Bett.

In dieser Nacht habe ich einen Traum: Ich sitze in meiner Buchhandlung, allein mit der letzten Kundin, die an einem kleinen Tisch in dem hinteren Teil des Ladens hockt und liest. Ich wollte schon vor zehn Minuten schließen, da hat die Frau vor der Tür gestanden und mich gebeten, sie für einen Moment nur hereinzulassen. Nun warte ich ungeduldig, dass sie sich endlich für ein Buch entscheidet, aber sie macht keinerlei Anstalten, zu einem Ende zu kommen. Hin und wieder höre ich das Rascheln beim Umblättern der Seiten und kann einen kleinen Stapel auf dem Tisch neben ihr ausmachen. Schließlich rufe ich ihr lauter als nötig zu, ob ich ihr irgendwie behilflich sein könne, und sie antwortet leise, ich möge zu ihr herüberkommen. Als ich dann vor ihr stehe, schlägt sie das Buch zu, das sie in den Händen hält, legt es zu den übrigen auf den Tisch und zieht sich ihr Kleid, unter dem sie nichts trägt, bis zur Hüfte hoch. Wir lieben uns, und plötzlich sehe ich Isabell vor dem Laden stehen, sie schaut durch das große Fenster zu uns herein und ich lächele ihr zu.

Wie erleichtert wache ich am nächsten Morgen auf, und wie zuversichtlich bin ich jetzt! Hat das der Traum bewirkt?

In der Nachbarwohnung wird wieder Musik gespielt, vermutlich hat die mich geweckt. Ich gehe in die Küche und mache mir einen Kaffee, schalte das Radio an und singe mit. Auf einem Kochbuch liegt ein Foto, ich nehme es und sehe Isolde darauf, zusammen mit einem Mann. Sie tragen beide blaue, viel zu weite Latzhosen, die über und über mit Farbe bekleckert sind, auch ihre Gesichter sind voller weißer Farbe.

Vermutlich war es ein besonderer Tag, denke ich, und dabei fällt mir das Lieblingsfoto von mir und Nina ein, das Fabian im letzten Sommer am Wannsee von uns gemacht hat: Nina und ich waren mit nassen Haaren und dreckigen Füßen aus dem Wasser gestiegen, mir klebte ein Blatt auf der Brust, und Nina hatte Gras im Haar und strahlte. In dem Augenblick drückte Fabian auf den Auslöser. Diese Stunden am See mit Fabian und Nina, sie waren so wunderbar, dass ich an jenem Abend zum ersten Mal seit meiner Kindheit gebetet und für diesen Tag gedankt habe.

Dreizehn

Nach dem Frühstück lasse ich Wasser in die große Badewanne ein und lege mich hinein. Doch keine zehn Minuten später ziehe ich den Stöpsel und steige wieder heraus – ich bin zu ungeduldig auf den Tag und will keine Zeit verlieren, bin zu ungeduldig, um noch länger in dieser Wanne zu liegen, während von draußen Stimmen, Autohupen, Kindergeschrei und Hundegebell hereindringen und die Sonne durch das winzige, quadratische Badezimmerfenster scheint.

Ich ziehe mir Fabians grüne Jacke über und gehe hinaus. Hatte Marie nicht erwähnt, dass sie heute ihren freien Tag hat? Sie wohnt in der Blücherstraße, bis dort sind es gut zwanzig Minuten mit der U-Bahn. Ich gehe in eine Telefonzelle, um sie anzurufen, doch Marie ist nicht im Telefonbuch verzeichnet.

Eine halbe Stunde später stehe ich vor ihrer Wohnung, und obwohl ich jetzt zum dritten Mal bei ihr klingele, rührt sich nichts. Gerade, als ich

gehen will, knackt es auf einmal in der Gegensprechanlage. »Ja, wer ist da?«
»Ich bin es, Hannes. Darf ich hochkommen?«

Sie trägt einen weißen Bademantel, darunter ist sie nackt, und als sie mir in der Küche gegenübersitzt und sich ein Brötchen schmiert, kann ich ihre Brüste sehen und schaue sofort woandershin.

Ihr Bademantel ist voller Kaffee- und Marmeladeflecken, und jetzt tropft es von der Tasse auf ihren Ärmel. Als ich sie darauf hinweise, erschrickt sie und läuft sofort hinüber ins Bad, wo sie versucht, den Fleck mit Wasser und Seife zu entfernen. Ich verstehe nicht ganz: Was kümmert sie dieser Kaffeefleck auf ihrem Bademantel, wenn der ohnehin so schmutzig ist, dass es ratsamer wäre, sich einen neuen zu kaufen? Marie sagt, die Flecken seien ganz besondere Flecken, es seien nämlich Flecken von einem Frühstück mit ihrer besten Freundin Wilma, an einem Sonntagmorgen vor etwa zwei Jahren. Wilma habe an jenem Morgen diesen Bademantel getragen, sie seien beide noch ein bisschen betrunken gewesen, denn sie seien bis sechs Uhr in der Früh auf einer Party gewesen und hätten ziemliche Schwierigkeiten gehabt, ihre Kaffeetassen und Marmeladenbrote in der Hand zu halten. Daher die Flecken. Es sei das letzte Frühstück für ihre Freundin gewesen, denn am Nachmittag desselben Tages sei sie mit ihrem Auto tödlich verunglückt. Seitdem sei dieser Bademantel nie gewaschen worden und würde es auch weiterhin nicht.

Ich sage ihr, dass ich sie gut verstehen könne, und erzähle ihr eine ganz ähnliche Geschichte: Ich habe Isabell damals durch Julia, eine Freundin, kennen gelernt, wir beide saßen an einem späten Samstagnachmittag im *Tacheles*. Das *Tacheles* ist eine fünfzig Meter hohe Ruine, früher war es mal das größte Passagen-Warenhaus der Stadt; im Zweiten Weltkrieg wurde es zerbombt und sollte 1990 gesprengt werden, was Hausbesetzer verhindern konnten und dann dort eine Art Kunst- und Kulturprojekt einrichteten.

Julia und ich saßen also damals im *Tacheles*, als Isabell plötzlich auftauchte und sich zu uns setzte. Die beiden kannten sich aus dem Schwimmverein, waren seit drei Jahren Konkurrentinnen im Rückenschwimmen und konnten sich nicht sonderlich gut leiden. Julia ging nach einer Stunde, angeblich, weil sie *Wetten, dass ...?* sehen wollte. Isabell und ich blieben noch vier Stunden im *Tacheles* und gingen kurz nach Mitternacht in die *Kalkscheune*, einem Club in der Johannisstraße in Mitte. Irgendwann in dieser Nacht schenkte sie mir einen Lutscher, den sie in ihrer Handtasche gefunden hatte, und diesen Lutscher habe ich sorgsam bis vor einem Jahr in meinem Schreibtisch aufbewahrt. Als Isabell sich von mir trennte, fiel mir dieser Lutscher wieder in die Hände, ich hatte ihn bis dahin nie angerührt, weil er für mich gewissermaßen das Symbol unserer Freundschaft war. Doch dann war alles vorbei, Isabell war fort und diesen Lutscher konnte ich nun auch nicht länger ertragen. Zuerst wollte ich ihn wegschmeißen, fand es dann aber besser, ihn kurzerhand aufzuessen. Schließlich war von ihm bloß noch der Stiel übrig, und ich war der festen Überzeugung gewesen, von da an würde alles besser werden und ich könnte Isabell endlich vergessen.

Marie schmunzelt. »Und, hast du diese Isabell dann tatsächlich vergessen können?« Ich weiß nicht genau, was ich darauf antworten soll.

Marie hat um halb zwölf eine Verabredung mit ihrer Mutter, die in Potsdam wohnt. Die beiden treffen sich jeden Dienstag in einem Café. In einer Stunde muss sie dort sein; sie zieht sich an, wir verabreden uns für halb drei Uhr im *Schleusenkrug*, einem Café am Tiergartenufer, und sie braust mit ihrem Peugeot Kombi nach Potsdam.

Es ist ein strahlender Sonnentag, und ich finde,

dass heute genau der richtige Tag ist, ein paar Stunden im Freien zu liegen, zu lesen und Menschen zu beobachten. Das altmodische Wort *Müßiggang* fällt mir jetzt ein, und ich nehme mir vor, es zukünftig öfter zu gebrauchen.

An einem Kiosk kaufe ich mir eine Tageszeitung. Ich habe die Fähigkeit, überall lesen zu können, in der U-Bahn, beim eiligsten Frühstück, in der Mittagspause beim Stehitaliener, ja selbst auf dem Fahrrad habe ich einmal gelesen. Jetzt aber, da ich auf einer Bank in der Hasenheide, einem Volkspark in Kreuzberg, sitze, abseits der großen Wiese, die in einer Senke liegt, und auf der jongliert und gegrillt und Fußball gespielt wird und wo sich Kinder die kleinen Abhänge hinunterrollen, da lege ich die Zeitung beiseite und will diese Idylle nicht durch Lesen verpassen. Wie still es ist um mich herum! Nur hier und da hört man ein Elstermeckern, ein Kind rufen, den Wind in den Bäumen, einen Spatz pfeifen. Dann setzt sich ein junger Mann auf die Nachbarbank, und gleich darauf eine alte Frau mit einer grauen, verschlissenen Einkaufstasche, auf der *Einkaufstasche* steht. Der Mann liest in einer Zeitung, die Frau reckt ihr Gesicht in die Sonne. Das gemeinsame ruhige Dahinsitzen und stumme Verbringen einiger Augenblicke auf der Bank im Park macht uns zu einer heimlichen, kleinen Gemeinschaft; sieht einer von uns auf, bleibt das von den Übrigen nicht unbemerkt, und auch die blicken dann hoch, als würden sie hingewiesen auf etwas. Als ein Vierter sich zu uns setzt, wird er sogleich beäugt und begutachtet: Ist er auch ein Schweiger wie wir? Einmal fällt ein Blatt auf meinen Schuh, dann setzt sich ein winziger Käfer auf meine Brille. *Jetzt ist sogar die Natur auf meiner Seite!,* denke ich und bin gerührt über so viel Anteilnahme. Irgendwann steht die Frau auf, streicht ihren Rock glatt, nimmt ihre Tasche und geht, und auch der Mann, der zuletzt gekommen ist, setzt seinen Weg fort. War sein letzter Blick zu mir nicht ein Gruß? Wenn auch ich jetzt ginge, wäre das nicht wie ein Verrat an uns beiden Übriggebliebenen, die noch hier sitzen? Ich bleibe und stehe erst auf, als der Mann seine Zeitung zusammenfaltet und sich zum Gehen anschickt.

Um zwei Uhr mache ich mich auf den Weg zum Tiergarten. In der U-Bahn sitzt mir ein Punker mit grünen Haaren und einer schwarzen Lederjacke gegenüber. Er hat ein viel zu nettes Gesicht für seine Aufmachung, gibt sich aber alle Mühe, ernst genommen zu werden als das, was er sein will. Zwei Mädchen, die ihm gegenübersitzen, lächelt er zu. Wie ein Zauberer, der Kinder zum Staunen bringen will, fischt er aus seiner Kapuze eine weiße Ratte, die er zur Freude der beiden Mädchen auf der Sitzbank spazieren lässt, und schaltet seinen Kassettenrekorder ein. Dazu trinkt er eine Dose Bier und spielt seine Rolle bis zur augenscheinlichen Übertreibung und Albernheit. Als der Schaffner aus seinem Fahrerhäuschen kommt und ihn auffordert, die Musik leiser zu stellen, erledigt das der Punker zur Überraschung der Fahrgäste – ich kann die Verblüffung an ihren Mienen ablesen – prompt und ohne Protest. Nun wollen auch die beiden Mädchen nichts mehr von ihm wissen und schauen stumm aus dem Fenster. Ohne sich auf irgendeine Weise von ihnen zu verabschieden, macht er sich an der nächsten Station davon. Als eine ältere Dame, die in den Zug will, draußen wartet und ihn zuerst aussteigen lässt, bedankt er sich höflich und nickt ihr freundlich zu. Eines der Mädchen lacht ihn jetzt aus, und auch die andere kann sich dann kaum noch halten.

Beim nächsten Halt steigen zwei Sicherheitsbeamte zu, sie haben Schäferhunde mit Beißkörben dabei, die grässlich stinken, man kann es schnell im ganzen Abteil riechen. Erst jetzt sehe ich, dass einer der beiden Beamten eine Frau ist, sie ist sicherlich einen halben Kopf größer als ihr Kollege und hat eine deutlich tiefere Stimme als er. Wie so oft frage ich mich jetzt bei dem Anblick der beiden Sicherheitsbeamten, ob sie bei ihrer Schulung eingeschärft bekommen, so breitbeinig wie möglich zu stehen.

An der Station Zoologischer Garten steige ich aus und laufe in den Tiergarten. Von weitem schon sehe ich Marie vor dem *Schleusenkrug* sitzen und auf mich warten.

Ich erzähle ihr von der Hockney-Ausstellung, die ich gestern besucht habe, und davon, dass dieser Hockney nachts mit seinem Auto durch die Gegend fährt, wenn er sich ein bisschen einsam fühlt. »Hockney mag ich nicht so sehr«, meint Marie, holt aus ihrer Tasche den *Stern* heraus und liest mir einen Artikel über Max Liebermann, ihren Lieblingsmaler, vor. Dann blättert sie weiter und stößt auf einen Fragebogen: *Dreimal kurz nachgedacht*.

»Welche Kleinigkeiten machen Ihnen Spaß?«, liest sie, überlegt einen Moment und antwortet: »Auf Knöpfe drücken, Fahrstühle, Fernbedienung, Klingel und so weiter. An manchen Tagen schön und gleichmäßig schreiben können. Das Gefühl, nach langer Suche endlich das richtige

Teil beim Puzzle zu finden.« Sie sieht mich herausfordernd an. »Mich nackt im Spiegel zu sehen und mich manchmal zu mögen.«

Ich überlege kurz und antworte: »Trinken bei großem Durst. Das sanfte Schweben beim Einschlafen, wenn du wirklich, wirklich müde bist. Wenn mir ein Wort, ein Name, ein Begriff oder ein Ort nach langem Überlegen endlich einfällt.« (Wenn mir doch nur der Name des Dichters einfiele, nach dem ich schon seit Tagen suche!) »Der Geruch von Laub und Gras im Frühjahr.«

Marie nickt und liest dann weiter. »Welche Kleinigkeiten verärgern Sie?« Sie überlegt nicht lange: »Schmeicheleien gesagt zu bekommen, die im Streit wieder zurückgenommen werden, so dass man sie von diesem Menschen später vermutlich nur noch schwer annehmen und ernst nehmen kann. Und Hundehaufen in Sandkisten. Kassierer im Supermarkt, die grußlos sofort die Ware abrechnen und einen ebenso grußlos ziehen lassen.«

Jetzt bin ich an der Reihe: »Die eigene Ungeschicklichkeit an manchen Tagen. Lieblose Briefe, auch die von mir, aber vor allen Dingen natürlich von Freunden. Systematische Unpünktlichkeit.« (Philip kommt mir erst gar nicht in den Sinn.)

»Jetzt die letzte Frage«, sagt Marie und schiebt

mir die Zeitschrift zu. Ich lese: »Was ist Ihnen unheimlich?«, und Marie antwortet: »Mitten in der Nacht aufzuwachen und den Nachbarn singen zu hören. Regen, der nachts laut an die Scheibe prasselt. Und wenn ich jemanden treffe, von dem ich in der Nacht vorher intensiv geträumt habe.« Sie schweigt einen Moment, lässt ihren Blick über den blauen Himmel schweifen, und sagt dann: »Im Bett liegen und dösen und dann irgendwann auf die Uhr sehen und erkennen, dass man vier Stunden geschlafen hat, ohne es wirklich zu merken.«

»Plötzlich einsetzende Dunkelheit«, fange ich an, »und wenn ich nachts aufwache und sehe, dass meine Freundin mit offenen Augen neben mir liegt.« Irre ich mich, oder runzelt Marie die Stirn, als ich meine Freundin erwähne? »Wenn ich ein Buch lese und darin einen Satz finde, den ich exakt so schon einmal gedacht oder gesagt habe.«

Wir schweigen einen Moment, fast so, als würden wir den dunklen Gedanken hinterherschauen. »Ist dir aufgefallen, dass für uns beide das Unheimliche mit der Nacht verbunden ist?«, fragt sie dann. Ja, das wisse ich wohl, obgleich mir das Dunkel lieb sei, antworte ich. »Wovor hast du denn Angst?«

Marie blickt ernst, ich erschrecke fast darüber, und sie lacht dann und gibt mir einen Kuss ins Haar.

Wir trinken einen Kaffee und befinden, dass das Leben am heutigen Tage außerordentlich schön sei. Irgendwann steht sie auf und lädt mich zu sich zum Essen ein, sie habe noch etwas Auflauf von gestern. Mit ihrem Wagen fahren wir nach Kreuzberg. Ich muss an Philip denken, der einmal gesagt hat, so, wie jemand Auto fährt, ist er auch im Bett. Wenn das stimmt, muss Marie eine echte Wucht sein.

Als ich zum zweiten Mal in ihrer Wohnung stehe, kommt mir alles so vertraut vor, als würde ich hier wohnen; das, was gestern geschehen ist, scheint mir dagegen eine kleine Ewigkeit zurückzuliegen. Marie legt eine Platte auf und deckt den Tisch.

Der Auflauf schmeckt wunderbar, ich öffne eine Flasche Wein und gieße ihr ein Glas ein. Sie zeigt mir Kinderfotos von sich und erzählt von ihrem Studium in Hamburg.

»Warum bist du im Moment nicht in deiner Buchhandlung?«, will Marie wissen, und dann erzähle ich ihr alles; erzähle von Nina, von Isabell, von der Party neulich und von Fabian und von der Warterei auf Philip.

Marie sieht mich prüfend an. »Und wie soll das weitergehen mit dir?«

»Wenn ich das so genau wüsste!«, seufze ich achselzuckend, setze dann aber entschlossen hinzu: »Aber eins weiß ich ganz sicher: Ab jetzt nehme ich die Dinge immer selbst in die Hand.«

»Na ja, so ernst scheint es dir damit ja nicht zu sein.«

Wie meint sie das? »Wie meinst du das?« Und dann erklärt Marie mir, dass ich doch nach wie vor keine Entscheidung treffe, sondern immer noch warte, dass etwas passiert. Dass ich darauf warte, dass sich von selbst etwas ergibt und entscheidet. Ich bin etwas verblüfft über das, was sie da sagt, aber je länger ich darüber nachdenke, desto klarer wird mir, dass sie vermutlich recht hat.

Marie nimmt eine Zeitung und sieht, dass im Nachmittagsprogramm der Kinos in der Yorckstraße in Kreuzberg ein Zeichentrickfilm läuft, den sie als Kind schon geliebt hat. »Den will ich sehen!«

Ich muss lachen bei der Vorstellung, gleich zwischen kreischenden und aufgeregten Kindern im Kino zu sitzen, doch Marie meint, die Kinder seien mit Abstand das allerschönste und dankbarste

Publikum, und manchmal ginge sie nur ihretwegen ins Kino, bloß um die Kinder zu beobachten.

Eine Stunde später sitzen wir dann tatsächlich im Kino, Marie weiß gar nicht, wo sie hinschauen soll, immer wieder beobachtet sie ein Kind, das mit offenem Mund auf die Leinwand starrt, das sich biegt vor Lachen, das kreischt und grölt. Sie ist ganz selig, als wir hinterher im Viktoriapark spazieren gehen, von dem Film hat sie zwar nur wenig mitbekommen, aber den kannte sie ja ohnehin schon. Wir marschieren den Kreuzberg hinauf, den *Sechstausender*, wie Marie meint. Ich verstehe nicht ganz, und sie klärt mich darüber auf, dass der Kreuzberg etwa sechstausend Zentimeter hoch sei, daher die Bezeichnung.

»Bist du schon einmal im Louvre gewesen?«, will sie plötzlich wissen. »Schon dreimal«, antworte ich.

»Ist dir die Mona Lisa auch so klein vorgekommen?«

»Ja«, sage ich, »aber es ist ja angeblich gar nicht die Mona Lisa, die da Vinci gemalt hätte, sondern eine gewisse Herzogin Isabella von Aragon, die am selben Hof wie da Vinci gelebt hat.«

Marie ist verblüfft. »Ich habe in meiner Kindheit so viele Dinge erzählt bekommen, die sich später als purer Unsinn entpuppt haben«, sagt sie, und fordert mich auf, ihr einen Irrtum zu nennen, sie würde dann nachziehen, und wem schließlich kein Irrtum mehr einfiele, der habe verloren.

Ich beginne: »Es ist ein Irrtum zu glauben, Spinat enthalte von allen Nahrungsmitteln am meisten Eisen. Mandeln und Schokolade sind viel eisenhaltiger. Das hat mir beispielsweise *meine* Mutter erzählt.«

Marie hat das nicht gewusst und staunt. Sie ist jetzt an der Reihe: »Wenn man Regenwürmer in der Mitte zertrennt, entstehen nicht zwei neue Regenwürmer, es lebt nur der vordere Teil weiter, der andere stirbt ab. Am vorderen Teil befindet sich nämlich der Kopf, am hinteren der Schwanz, der dann nach dem Teilen zwei Schwänze hat und verhungern muss, weil er mit dem Schwanz natürlich nicht essen kann.«

Das wiederum habe ich nicht gewusst. Jetzt bin ich an der Reihe, aber mir fällt kein neuer Irrtum ein. Also setzt Marie noch einen drauf: »Es stimmt nicht, dass man von der Kälte eine Erkältung bekommt. Erkältungen bekommt man, indem man sich ansteckt. Bloß hält man sich öfter mit anderen Menschen in geschlossenen Räumen auf, wenn es kalt ist, und da ist die Gefahr, dass man sich ansteckt, viel größer.«

Ich bin skeptisch, ob das auch stimmt, denn irgendeiner muss sich ja als Erster erkältet haben, um anschließend die Nächsten anzustecken. »Und wo hat sich dann der Erste die Erkältung geholt?« Marie weiß es auch nicht, beteuert aber, es kürzlich in einer Broschüre bei ihrem Arzt gelesen zu haben. Schließlich fällt mir doch ein weiterer Irrtum ein: »Eine Peitsche knallt nicht durch Reibung der Schnur, sondern weil das Ende der Peitschenschnur eine Geschwindigkeit erreicht, die schneller ist als der Schall, und was man als Knall hört, ist das Durchbrechen der Schallmauer.«

Marie hat dann keine Lust mehr auf neue Irrtümer, denn es bringt sie total durcheinander, an wie viel Unsinn man doch glaube.

Wir laufen zurück zum Kino, und weil in einer Viertelstunde ein Film von Eric Rohmer läuft, den wir beide mögen, gehen wir zum zweiten Mal ins Kino. Der Film handelt von einem jungen Mann, der Urlaub in einem französischen Küstenstädtchen macht und auf seine Freundin wartet. Doch sie kommt nicht, und er bändelt mit verschiedenen anderen Mädchen an, kann sich aber nie für eine von ihnen entscheiden. Am Ende kommt seine Freundin doch noch, aber die lässt ihn sitzen, und schließlich ist er ganz allein und fährt auf eine Insel.

»Der Ärmste kann einem Leid tun mit seiner grauenhaften Unentschiedenheit«, meint Marie hinterher, als wir im Kinofoyer stehen, und ich habe irgendwie den Eindruck, sie spricht da von mir – und hat mir der Film nicht sogar deshalb gefallen, weil ich diesen jungen Mann so gut verstehen kann? Und was die Irrtümer angeht: Kann man sich in der Liebe irren? Das heißt, kann man sich irren, jemanden zu lieben oder geliebt zu haben? Und kann das auch *Irrtum* genannt werden? Worin kann man sich noch alles irren?

Liebe ich Nina?

Marie meint, sie müsse morgen den ganzen Tag arbeiten, wenn ich wolle, könne ich sie irgendwann im *Eckstein* besuchen kommen. Jetzt aber müsse sie nach Hause und ins Bett.

Wir verabschieden uns, und ich verspreche, sie morgen in der Mittagspause zu besuchen. Da Isolde kein Fahrrad besitzt, Marie dagegen zwei, borgt sie mir eins und ich fahre davon.

So schön der Tag mit Marie auch war, jetzt genieße ich das Alleinsein und den wunderbaren Sommerabend und fahre nicht gleich zu Isoldes Wohnung zurück, sondern am Reichpietschufer zum Tiergarten. Über die Hofjägerallee komme ich schließlich zum Großen Stern und fahre mit dem Fahrrad durch das Brandenburger Tor, wo ein Fernsehteam in diesem Moment seine Scheinwerfer und Kameras aufstellt. Ich überhole eine Fahrrad-Rikscha; drinnen sitzt eine alte Frau und lächelt mir zu.

Direkt unter dem Tor bleibe ich stehen, kann den Fernsehturm am Alexanderplatz vor und die Siegessäule hinter mir sehen und bin glücklich darüber, dass ich Marie kennen gelernt habe, dass ich jetzt auf dem Rad durch Berlin fahre, und glücklich sogar darüber, dass man durch das Brandenburger Tor fahren kann.

Dem Heiteren erscheint die Welt auch heiter, hat Marie vorhin gesagt. Es ist eine Stelle aus dem *Faust*, und jetzt, unter dem Brandenburger Tor, denke ich wieder an diesen Satz und trete in die Pedale.

Vierzehn

Zurück in Isoldes Wohnung schiebe ich eine Pizza in den Ofen, versorge die Katze und lege eine Platte auf. Isolde besitzt keinen CD-Spieler, dafür aber mindestens 200 Langspielplatten.

Ich habe gerade die Pizza aus dem Ofen geholt, da klingelt das Telefon. Es ist Isolde, die wissen will, ob alles in Ordnung sei und ob ich der Katze regelmäßig zu fressen gäbe. Sie fragt nach Fabian, doch ich kann ihr mit keinen neuen Informationen dienen, noch immer geht bei ihm niemand ans Telefon, man hört nach wie vor bloß *Messmann – Piep – Sprechen*, und genauso wenig wie Isolde habe ich Lust, unentwegt auf seine Maschine zu sprechen. »Ich werde morgen mal zu ihm fahren«, sage ich ihr, und dann verabschieden wir uns.

Ich esse die Pizza, lege eine Sinatra-Platte von Isolde auf, die mir so gut gefällt, dass ich bis ein Uhr in der Früh auf dem Wohnzimmerfußboden liege und sämtliche Sinatra-LPs höre, die Isolde besitzt. Kurz vor Ende der letzten Platte schlafe ich auf dem Fußboden liegend ein. Irgendwann in der Nacht wache ich davon auf, dass jemand sein Altglas in den Flaschencontainer wirft, und gehe ins Schlafzimmer.

Am nächsten Morgen werde ich von dem Telefon geweckt; es ist Marie, die mich fragt, ob ich versehentlich ihre Geldbörse eingesteckt hätte – und richtig, in meiner Manteltasche ist sie dann auch.
    Nach dem Frühstück mache ich mich auf den Weg zum *Café Eckstein*, in dem Marie bedient. Sie hat bloß eine Stunde und lädt mich auf Kosten des Hauses zum Mittagessen ein. In der Hasenheide findet an diesem Nachmittag ein Musikfest statt, und wenn ich nichts anderes vorhabe, meint Marie, müsse ich unbedingt dorthin, sie würde am Abend auch kommen, und wir könnten uns sehen.

Eine knappe Stunde später sitze ich inmitten von grölenden und klatschenden Grüppchen im Gras auf Fabians grüner Jacke und trinke ein großes Bier. Es war ein guter Tipp, den Marie mir gegeben hat; überall wird gelacht und getanzt und getrunken. Wie gut, dass ich Marie kennen gelernt habe!

Gestern, als wir in ihrer Küche saßen, erzählte sie mir, dass sie zeit ihres Lebens in dieser Wohnung lebe. Es sei die Wohnung ihrer Eltern, und sie habe noch nie woanders gewohnt. Marie erzählte, dass sie in dieser Wohnung gezeugt und geboren wurde, und dass ihr Vater sechs Jahre vor seinem Tod eine Depression bekommen habe, die er nicht mehr losgeworden sei; er habe übrigens oft an dem Platz gesessen, wo ich gerade säße, woraufhin mir etwas mulmig wurde auf meinem Stuhl und ich mich, als ich ein bisschen später von der Toilette zurück kam, auf einen anderen Stuhl gesetzt habe.

Ich habe hinterher an Nina denken müssen und daran, wie wir einige Monate zuvor zusammengezogen waren. Wir haben lange nach einer Wohnung gesucht, jedes Wochenende sind wir von einem Besichtigungstermin zum nächsten gejagt und haben aber entweder nicht das Richtige gefunden oder nicht den Zuschlag erhalten. Nina war diejenige, die am Wochenende die Zeitungen nach Angeboten durchsuchte und mich anhielt, für die Besuche bei den Vermietern etwas Passendes anzuziehen. Mir war das Ganze nicht geheuer, ich schleppte mich bloß mit, sträubte mich insgeheim gegen ein Zusammenleben (einhundert Quadratmeter hin, einhundert Quadratmeter her) und fürchtete um meine Freiheiten, wenn wir erst einmal eine Wohnung teilen würden. »Was werde ich alles aufgeben müssen«, hatte ich Fabian gegenüber gejammert: »Ich kann nicht länger nachts aufstehen, wenn ich Lust habe zu Lesen, und kann nicht bis in den frühen Morgen in der Küche sitzen und in meine Bücher sehen.«

»Und warum nicht?«, hatte Fabian geantwortet. »Wer wird dich daran hindern wollen? Niemand, und Nina schon gar nicht! Was du zu vermissen glaubst«, hatte Fabian gesagt, »sind bloß die Möglichkeiten – aber möglich ist auch dann noch alles, nur eben anderes als vorher. Jeder will seine Möglichkeiten, aber bloß, um sich mit ihnen zu beruhigen. Ergreifen tut man dann tatsächlich kaum eine. Was du zu tun hast, ist, deine Möglichkeiten endlich zu nutzen, statt sie in deinem Schrank aufzubewahren und sie einmal in der Woche abzustauben.«

Je genauer ich alles bedachte, desto unsinniger erschienen mir meine Einsprüche und Bedenken, und aus den allgemeinen und unklaren Zweifeln formte sich am Ende die Lust am Neuen. Schließlich haben wir unsere Wohnung gefunden, und nachdem wir mit Hilfe einiger Freunde alle unsere Möbel, Tassen und Teller, Blumen und Bilder in die neue Wohnung geschafft hatten, saßen wir erschöpft in der Küche, die Freunde waren gegangen, und gleichzeitig hatten wir dann plötzlich Lust aufeinander bekommen und uns zwischen dem noch eingewickeltem Geschirr und den Umzugskisten in der Küche auf dem schmutzigen Linoleum geliebt. Selbst die Tatsache, dass wir dann bloß kalt duschen konnten, weil mit dem Warmwasserboiler etwas nicht stimmte und ich mich anschließend beim Rasieren in die Oberlippe schnitt, konnte mich nicht verstimmen.

Das war doch ein Anfang gewesen! Und der Brief, den ich am Samstag in der Schreibtischschublade fand: Soll der schon wieder das *Ende* der Geschichte gewesen sein?

Ich lege mich etwas abseits des Geschehens auf den Rasen und schließe die Augen, denke an Marie, sehe sie auf dem Badewannenrand sitzen, nackt bis auf ihre dicken grauen Wollsocken. Ich denke an ihren Blick, als ich das Bad betreten und mich neben sie gesetzt habe, neben sie auf den schmalen kühlen Badewannenrand und daran, wie ich mich in langsamer Erregung ausgezogen und mich nackt im Badezimmerspiegel sah. Ich sehe ihre Hand mit den Ringen auf ihren langen schmalen Fingern und den sorgsam lackierten Fingernägeln, die mich dann sachte zwischen den

Beinen umfasst habe. Ich habe sie neben mir leise atmen hören, und einmal, als ich in ihr Gesicht geblickt habe, gesehen, dass sie mit geschlossenen Augen neben mir saß, und ihre geschlossenen Augen und ihr halb geöffneter Mund hatten mich noch mehr erregt.

Um mich herum scheint es ausschließlich *Paare* zu geben, überall wird geküsst und umarmt. Die Sexualität liegt in der Luft, hier und jetzt. Selbst die Musik ist wie aufgeladen. Ist womöglich die Sinnlichkeit ein Mittel, mich von meinem Lebensdruck zu befreien? Ist es das, was mir der Traum in der vorletzten Nacht sagen wollte? Geht es Fabian ebenso? Hat er deshalb mit den beiden Frauen im Bett gelegen?

Ich trinke ein zweites Bier, und wie schon neulich werde ich neugierig auf nichts Bestimmtes. Doch alles, was ich jetzt sehe, ist begleitet von dem Gefühl der Wollust: Einige Meter vor mir steht ein Pärchen, der Bursche hat seine Freundin fest im Arm und küsst sie jetzt. *Abwarten!,* denke ich.

Dann sehe ich jemanden in einer Illustrierten lesen, auf der Titelseite ist eine Frau abgebildet, der man auf die bloße Brust einen Bikini gemalt hat. »Lies du ruhig in deiner Zeitung«, sage ich leise zu ihm und schaue weg.

Etwa zehn Meter vor mir sitzt ein junges Mädchen, mit dem Rücken zur Bühne; sie trägt ein langes Kleid, hat die Beine etwas angewinkelt und bewegt sie zum Takt der Musik seitlich hin und her. Dann bemerke ich, dass sie keinen Slip trägt, ich kann zwischen ihre Beine sehen und ihre dunklen Schamhaare erkennen, die an den Seiten rasiert sind. Sie schaut jetzt zu mir herüber und grinst. Ich überlege noch, ob sie mich damit meint, da drehe ich mich zur Seite, folge ihrem Blick – und sehe Fabian am Zaun stehen, allein und mit einer Bierflasche in der Hand! Er trägt einen grauen, zerknitterten Anzug und Turnschuhe und scheint jemanden zu suchen. Ich laufe zu ihm. Fabian grinst, als ich mit seiner grünen Jacke vor ihm stehe.

»Wo in aller Welt hast du gesteckt?«, will er wissen. Sogar mit Nina habe er telefoniert, die aber glaube, ich stecke bei Sebastian in Paris, und nur weil er, Fabian, so ein phantastischer Lügner sei, habe er es so drehen können, als wäre alles ein Missverständnis – selbstverständlich sei ich in Paris und bei Sebastian in den besten Händen ... »Die besseren Hände sind aber wohl die von Isolde«, meint er, »bei der steckst du ja wohl.« Natürlich ginge ihn das alles gar nichts an, zumal er die Hände von Isolde durchaus kenne, aber das wisse ich vermutlich auch schon, und in dem Augenblick fängt er an zu heulen und murmelt etwas, wovon ich bloß den Namen *Katharina* verstehe und mir den Rest selbst zusammenreimen kann.

Ich sage ihm, dass Isolde für drei Tage nach Straßburg gefahren sei und sie mir aber ihre Wohnung überlassen habe. Fabian hat mir gar nicht zugehört und fragt mich nach Katharina, denn die hätte eben noch vorn an der Bühne gestanden, er habe sie gesehen, und nun sei sie nicht mehr da. Gemeinsam suchen wir sie, ohne sie zu finden. Schließlich geben wir es auf. Fabian will zurück nach Haus.

»Soll ich mitkommen?«, frage ich. Fabian aber schüttelt bloß den Kopf, denn er hat es sich in der nächsten Sekunde schon wieder anders überlegt und will nun gar nicht mehr nach Haus, sondern direkt zu Katharina nach Mitte fahren, und das würde er besser allein tun. Er würde mich aber bei Isolde anrufen und ich könne wieder bei ihm wohnen, wenn ich das wolle. »Bis nachher«, ruft er noch, »und mach mir keine Flecken auf die Jacke!« Dann ist er weg.

Ich gehe zu einem Stand auf der anderen Seite des Platzes und kaufe mir noch ein Bier. Als ich mich umdrehe und gehen will, sehe ich in das Gesicht der jungen Frau in dem Kleid, die ich vorhin beobachtet habe. Hat sie womöglich meinen Blick bemerkt? Sie fragt mich etwas, ich aber verstehe nicht und zucke bloß mit den Achseln. Sie lächelt und raucht dann eine Zigarette. Dabei schauen wir beide zur Bühne, und einige Minuten sagt keiner von uns beiden ein Wort.

Ich frage sie, ob ich sie zu etwas einladen könne, und sie nickt und macht eine Geste wie beim Trinken. Ich kaufe eine Cola, sie trinkt mit geschlossenen Augen in kleinen Schlucken, und ich sehe ihren schmalen Hals mit einem kleinen Leberfleck und einem einzelnen, langen Haar darauf.

»Wie heißt du?«, will sie wissen.
»Philip«, antworte ich nach kurzem Zögern.
»Ich bin die Michaela!«, stellt sie sich vor.

In der nächsten halben Stunde tritt eine Berliner Band auf, Michaela wackelt zu der Musik albern mit ihrem Kopf, und ich überlege schon, wie ich sie wieder loswerde. Ununterbrochen taucht jemand auf, den sie kennt, Männer vor allem, und alle grinsen sie merkwürdig zu uns herüber. Ich hoffe nur, dass Britta, die Plaudertasche, nicht auch noch hier aufkreuzt!

Michaela will wissen, ob ich das *Café Atlantic*

kenne. Natürlich kenne ich es, denn das befindet sich in der Bergmannstraße, und in der wohnt Fabian. Irgendwie habe ich aber den Eindruck, dass es ihr überhaupt nicht um das *Atlantic* geht; ich denke daran, wie ich sie vorhin auf der Wiese ohne Slip habe sitzen sehen, und bin sicher, sie will auf etwas ganz anderes hinaus. Mir kommt der Traum in der vorletzten Nacht in den Sinn, ich denke an Florian und Nina, an Isabell und ihren Zwei-Meter-Freund. Schließlich schüttele ich den Kopf, und wir ziehen los. Sie läuft voraus, ich immer ein Stückchen hinter ihr, ihre kurzen schwarzen Haare duften, und ich kann ihren kleinen, zierlichen Hintern durch das Kleid schimmern sehen. Sie ist viel kleiner als ich, doch sie geht mit schnellen Schritten so flott, dass ich Mühe habe, ihr zu folgen. Und natürlich schlägt sie eine ganz andere Richtung als die zum *Café Atlantic* ein. Dann, nach wenigen Minuten, sind wir an einem Haus angelangt, wir gehen durch einen dunklen Hof, eine Treppe hinauf, bis wir vor einer Wohnungstür stehen. Sie zieht mich hinein, es riecht nach Essen hier; sie bedeutet mir, im Flur auf sie zu warten und verschwindet in einem Nebenzimmer. Dort spricht sie mit jemandem, ich kann sie hören, sie redet schnell und leise.

Nach wenigen Minuten dann kommt sie wieder heraus, sie lächelt, ich kann eine Goldkrone in ihrem Mund sehen. Sie zieht mich in ein Zimmer und nimmt mir meine Uhr ab, die sie dann auf den Nachttisch legt. Ich stelle mich an das Fenster und sehe zwei Kinder im Hof spielen.

Dann steht sie schon wieder neben mir und zieht an einer Seite das Kleid herunter, nimmt meine Hand und legt sie sich auf ihre entblößte Brust. Ich stehe etwas ratlos da, streichele stumpf und mechanisch ihre Brustwarze und blicke auf ein Poster an der Wand, auf dem Cliff Richard abgebildet ist. Inzwischen hat sie auch die andere Brust freigemacht, die Träger ihres Kleides hängen herab. Ich starre eine Weile auf ihre Brustwarze, die groß ist und dunkel, fast schwarz, und blicke so lange stumm darauf, bis ich meine, etwas unternehmen zu müssen, und berühre sie dann zögerlich mit der Fingerspitze.

Schließlich ist sie ganz nackt, zwischen ihren dünnen hübschen Beinen kann ich wieder ihre rasierten Schamhaare sehen. Ich streichele sie dort, die kurzen, nachgewachsenen Haare sind hart und fühlen sich an wie Fremdkörper. Ich bin noch immer vollständig angezogen.

Dann öffnet sich die Tür, und eine zweite Frau kommt herein. Sie ist nackt und groß und dick, ihre Brüste wippen kreisend auf und ab. Schon steht sie bei mir und hat mir im nächsten Augenblick das Hemd ausgezogen. Während sie meinen Bauch streichelt, versucht die andere, mir die Hose auszuziehen. Gerade als sie meinen Gürtel gelöst hat, richtet sie sich wieder auf und küsst mich auf den Mund. Ich kann ihren widerlichen Zigarettenatem schmecken und spüre ihre Zunge über meine geschlossenen Lippen fahren. Die andere Frau steht nun hinter mir, zieht mir langsam die Hose aus, stellt sich dann neben ihre Freundin und streichelt meinen Oberschenkel. Mit meinen Händen greife ich in gespielter Lust nach den Pobacken der beiden Frauen und knete sie.

Plötzlich höre ich einen Kinderschrei, er gellt durch den Hof, und dann ruft ein zweites Kind. Im nächsten Augenblick habe ich mir die Hose wieder angezogen, das Hemd vom Boden genommen und laufe aus dem Zimmer und aus der Wohnung.

Das ist es nicht, was ich will!, denke ich und bin erleichtert, als ich die Tür hinter mir zufallen hörte. Draußen auf der Straße vor der Haustür merke ich, dass ich meine Uhr in dem Zimmer vergessen habe. Ich kehre um, klingele an der Tür, die Dicke steht, noch immer nackt, vor mir und grinst. Als ich mich stumm an ihr vorbeidrücke, schaut sie verdutzt, und auch die andere, die auf dem Bett

im Zimmer sitzt, starrt mich bloß mit großen Augen an. Ich nehme die Uhr und gehe.
Wie ist es Fabian in der Nacht nach der Party mit den drei Frauen ergangen? Ob er sich hinterher besser gefühlt hat? Vermutlich nicht, denn nun sitzt er in Katharinas Wohnung und wartet auf sie. Vorhin war er vollkommen durcheinander, und man kann bloß hoffen, dass sich bald alles wieder einrenkt mit ihm und Katharina. So wie ich sie kenne, wird sie ihn noch eine Weile schmoren und leiden lassen, aber meine Hoffnung, dass sich alles zum Guten wenden wird, ist ungebrochen, und ich wundere mich selbst ein bisschen darüber.

Fünfzehn

Ich gehe in eine Telefonzelle und wähle Fabians Nummer. Nach drei Freizeichen höre ich dumpf eine Stimme und frage laut: »Wer ist denn da?«

»Bist du das, Hannes?«, Es ist Katharina, die das fragt, und ich bin so verblüfft über ihre Stimme, dass ich vor Schreck fast aufgelegt hätte.

»Weißt du, wo Fabian steckt?« will sie wissen, und ich lache und sage: »Der wird jetzt vermutlich vor *deiner* Tür stehen und auf dich warten! Er ist vor einer Stunde von dem Musikfest in der Hasenheide direkt zu dir gefahren.« Noch während ich erzähle, hat Katharina schon aufgelegt.

Ich bin beruhigt. Die Dinge kommen offenbar in Ordnung.

Vor der Zelle wartet bereits eine Frau. Als sie sich an mir vorbei in die Zelle drückt, rieche ich ihr Parfüm und erkenne es gleich: Es ist das gleiche wie das von Isabell. Himmel, wann würde ich diese Frau endlich loswerden?

Was hat mich nach der Trennung nicht alles an Isabell erinnert: Lieder, die im Radio gespielt wurden und die ich keine zehn Noten lang ertrug, weil sie auf irgendeine Art und Weise mit Isabell verbunden waren; jedes Lokal und jedes Theater, das wir beide oft besucht hatten, mied ich; sogar die Biermarke, die wir beide bevorzugt hatten, wechselte ich.

Mit Nina bin ich dann ganz bewusst in andere Theater und Kneipen gegangen und habe neue Filme gesehen. Allmählich brach tatsächlich eine andere Zeit an. *Ein neues Leben im alten*, wie Fabian einmal gesagt hat. Es gab neue Orte für mich, neue Menschen, neue Geschichten.

Sechzehn

Zu Fuß gehe ich zurück zu Isoldes Wohnung. Ich schmiere mir ein Brot, trinke einen Tee und lege mich auf das Sofa im Wohnzimmer, schalte den Fernseher ein und sehe einen amerikanischen Western mit John Wayne.

Ich habe Marie von dem Traum der letzten Nacht erzählt, von der fremden Frau in der Buchhandlung und von Isabell am Fenster; neben ihrem Bett lag ein Buch über Traumdeutung, und ich wollte von ihr wissen, ob ich mir denn das wünschen würde, wovon ich da geträumt hatte? Marie antwortete, man träume das mit dem Traum Gemeinte nicht völlig unverschlüsselt, denn dann würde man aufwachen. Es gäbe so etwas wie einen Aufpasser in uns, eine Art Wächter, der unseren Schlaf hüte und uns den Traum träumen ließe. Dieser Wächter aber verwandele und entstelle unsere Wünsche und erzähle uns eine Traumgeschichte.

Ich liege noch immer auf Isoldes Sofa, sehe John

Wayne auf einem schwarzen Pferd reiten, im Hintergrund brennt ein Haus. Ich liege auf dem Rücken und starre an die Decke. Und dann weiß ich plötzlich, was der Traum bedeutet.

Als ich später aus dem Fenster blicke, mache ich einen hellen Stern am Nachthimmel aus und denke, dass Nina ihn jetzt vielleicht auch sieht, das wir in diesem Moment genau dasselbe sehen.

In der Nacht läutet das Telefon, ich gehe in den Flur, doch als ich den Hörer abnehme, wird am anderen Ende schon wieder aufgelegt. Der Fernseher im Wohnzimmer läuft noch immer, ich schalte ihn aus und lege mich wieder in Isoldes Bett. Es ist drei Uhr in der Nacht.

Ob Nina jetzt auch wach liegt?

Oder ist sie jetzt etwa bei diesem Florian?

Mir kommt der komische Gedanke, dass es Nina gewesen ist, die eben angerufen hat. Die Vorstellung, dass sie jetzt bei ihm ist, bei diesem Florian, bringt mich fast um den Verstand.

Ich gehe zum Telefon und rufe sie an. Nina nimmt nach dem vierten Läuten ab. Ich habe sie natürlich aus dem Schlaf gerissen, das höre ich sofort. »Bist du noch immer bei Sebastian in Paris?«

»Und warum bist du nicht bei deinem Florian?«

Nina meint, sie wisse überhaupt nicht, wovon ich spreche. Als Nächstes fragt sie mich nach der Liste, die sie in der Küche gefunden hat: »Musst du dir jetzt schon aufschreiben, was du an mir magst?« – »Und seit wann hast du eigentlich einen Bruder?«

Am Ende hat jeder von uns mindestens ein halbes Dutzend Fragen gestellt, keine ist tatsächlich von dem anderen beantwortet worden, aber hinterher habe ich das Gefühl, dass es gut war, mit ihr gesprochen zu haben. Für Nina bin ich noch immer bei Sebastian in Paris, ich habe mich nicht verraten, aber gleichzeitig weiß ich, dass es so nicht weitergeht. Ich kann schließlich nicht ewig in dieser Wohnung in Kreuzberg bleiben. Ich lege mich wieder ins Bett und brauche zwei weitere Stunden, um endlich einzuschlafen.

Am nächsten Morgen wache ich spät erst auf; es ist schon nach elf Uhr. Ich stehe gerade unter der Dusche, als wieder das Telefon klingelt: Es ist Fabian, der mir auf den Anrufbeantworter spricht und mich bittet, ihn schnellstmöglich in der Agentur zurückzurufen, es gebe wichtige Neuigkeiten. Nachdem ich geduscht und Brötchen geholt habe, rufe ich ihn an.

Fabian erzählt, er habe gestern bis Mitternacht

in Katharinas Wohnung auf sie gewartet (er besitzt noch einen Schlüssel) und wäre fast durchgedreht wegen der stumpfsinnigen Warterei, denn er habe vor Aufregung während der Stunden, die er auf sie gewartet habe, nur im Sessel hocken und zur Tür starren können. Außerdem sei ihm noch immer schlecht von den vier Erdbeerjoghurts und den drei Knoblauchbaguettes, die er bei Katharina aus Nervosität gegessen habe. Irgendwann habe das Telefon geklingelt. Katharina sei drangewesen, die ihm gesagt habe, man ginge erstens nicht an anderer Leute Telefon, und zweitens frage sie sich, wie lange er eigentlich noch in ihrer Wohnung auf sie warten wolle; sie sitze nämlich in *seiner* Wohnung (auch sie besitzt noch einen Schlüssel). Außerdem habe sie wissen wollen, ob er inzwischen wieder den gesamten Joghurtvorrat vertilgt habe wie das letzte Mal, als er auf sie gewartet hatte und sie erst um ein Uhr morgens aus dem Theater zurückgekommen war.

Fabian lachte und erzählte dann, wie er in Rekordzeit zu seiner Wohnung gefahren war und dass er sich während der Fahrt den Kopf darüber zerbrochen hatte, wie er den scheußlichen Knoblauchgeruch wieder loswerden könnte, denn damit wäre er Katharina unter Garantie ein für alle Mal losgeworden. Aber er war sie natürlich *nicht* los: Sie hatte in der Wohnung auf ihn gewartet, und der Knoblauchgestank hatte ihr auch gar nichts ausgemacht. »Nun ja, und heute Abend wollen wir eine Versöhnungsparty in meiner Wohnung geben. Du kommst doch, oder? Du kannst auch jemanden mitbringen, wenn du willst.« Allerdings solle ich Isolde nichts von der Party erzählen. »Wenn die bei mir auftaucht, wäre das vermutlich die kürzeste Versöhnungsparty der Geschichte!«

Ich bin erleichtert über diese Neuigkeiten. »Natürlich werde ich kommen!«

Ich drehe das kleine Radio in der Küche an, decke den Tisch und schmiere mir ein Brötchen. Dann rufe ich noch mal Fabian an, um ihm zu sagen, wie froh ich sei, dass nun alles wieder im Lot sei zwischen ihm und Katharina.

»Sag mal, ist irgendwas passiert zwischen Nina und dir?«, will Fabian jetzt wissen. Aber ich gehe nicht darauf ein. *Nicht am Telefon*, denke ich, und sage stattdessen, ich würde am Abend vielleicht mit einer Freundin auf die Party kommen. »Und sag Nina bitte nichts von der Party, ja?«

Fabian fragt: »Hannes, alles klar?«

Im Radio läuft eine Sendung, in der eine Frau mit einer grässlich hohen Stimme die Hörer darüber aufklärt, dass Goethes letzte Worte nicht *Mehr Licht!* gewesen seien, sondern der Satz: *Macht doch endlich den zweiten Fensterladen auf, damit mehr Licht hereinkommt!* Wahr dagegen sei, dass der letzte vollständige Satz von Dylan Thomas lautete: *Ich habe achtzehn Gläser Whiskey pur getrunken. Ich glaube, das ist der Rekord!* Diese Aussage habe er im Übrigen nach seiner letzten Sauftour im Chelsea Hotel in New York getätigt, alles was dann noch kam, hätte niemand mehr verstanden, so dass man sagen könne, mit jenem Satz habe er unsere Welt verlassen.

Ich drehe das Radio ab und gehe hinaus. Um drei will ich Marie abholen, bis dahin ist noch Zeit. Ich fahre mit Isoldes Fahrrad nach Mitte und gehe über den Dorotheenstädtischen Friedhof; Hegel, Fichte, Anna Seghers sind hier begraben. Einige Touristen laufen mit einem Friedhofsplan, auf dem die Standorte der jeweiligen Gräber verzeichnet sind, über den Friedhof. Ich höre ein Paar streiten; er meint, zu Heinrich Mann sei es in jedem Falle kürzer als zu Johannes R. Becher, sie behauptet das Gegenteil, und am Ende geht er zu Heinrich Mann und sie zu Johannes R. Becher.

Schließlich hole ich Marie ab, lade sie zum Essen und hinterher auf die Party ein. Ich erzähle ihr von dem Paar auf dem Dorotheenstädtischen Friedhof, und Marie meint, es gebe Touristen, die allein wegen der Friedhöfe nach Berlin kämen, alles andere dagegen würde sie kaum interessieren. »Kennst du den alten St.-Matthäus-Kirchhof in Schöneberg?«, will sie wissen.

Ich habe zwar eine Zeit lang in Schöneberg gewohnt, auf dem Friedhof aber war ich noch nie, und so fahren wir dorthin. Marie zeigt mir das Grab von Jacob und Wilhelm Grimm, auf dem ein paar Blumen liegen. Sie erzählt mir, wie sie vor einigen Jahren auf dem Friedhof Père Lachaise in Paris war, um das Grab der Piaf zu sehen. Zwei junge Männer standen gerade davor, als sie kam. Einer von ihnen legte stumm und feierlich einen Brief und eine Blume auf ihr Grab. »Nach ein paar Minuten sind sie gegangen, der Mann mit dem Brief hat sich vorher noch einmal verbeugt, und dann kam eine Frau mit einem Terrier vorbei. Der Hund blieb prompt an dem Grab der Piaf stehen und hob sein Bein, und dabei hat er auch ein paar Tropfen auf den Brief gespritzt.« Marie und auch die Frau mit dem Hund haben darüber so lachen müssen, dass der Friedhofswärter kam.

Wir spazieren noch weiter über den Friedhof.

Fontanes Effi Briest ist hier begraben, Rudolf Virchow und der Milchgroßhändler Bolle.
 Dann ist es sieben Uhr und wir fahren zu Marie. In zwei Stunden beginnt die Party bei Fabian.

Siebzehn

Marie und ich fahren mit den Rädern zu Fabian, nach einer Viertelstunde sind wir in der Bergmannstraße. Schon von draußen hören wir Musik und Stimmen und Gelächter, wir laufen die Treppe hinauf zu seiner Wohnung, von Stockwerk zu Stockwerk wächst die Lautstärke.

In der Diele tummeln sich die Gäste, Fabian ist nirgends auszumachen, auch Katharina ist nicht zu sehen. Ich lege die Jacke auf den Kleiderhaufen im Arbeitszimmer und kämpfe mich mit Marie durch das Gedränge. Sie greift, um mich nicht zu verlieren, nach meiner Hand, und schließlich stehen wir in der Küche. Marie wird hier von jemandem begrüßt, einem Inder mit einem wunderschönen Gesicht; er steht in einiger Entfernung am Fenster und hält einen Teller in der Hand, den er so vollgeschaufelt hat, dass bei jeder Bewegung irgendetwas hinunterfällt. Als er Marie sieht und grinst und dabei mit dem Kopf wackelt, verliert er ein Stück Kartoffel. Als er sich an den Gästen vorbeidrängelt, fallen zwei Champignons auf den Boden, und er verschmiert außerdem sein Dressing auf Hosen und Jacken, was zum Glück niemand bemerkt, nicht einmal er selbst. »Den kenne ich aus dem *Eckstein*«, flüstert Marie mir zu. Es ist offensichtlich, dass der Inder in sie verliebt ist: Er strahlt über das ganze Gesicht, als er jetzt vor ihr steht, und lässt vor Aufregung wieder etwas von seinem Teller fallen. Als ihm klar wird, dass sie mit mir erschienen ist, sieht er mich etwas irritiert an, und auf seinem Gesicht steht die Frage: *Läuft da etwas zwischen euch?*

Es stellt sich heraus, dass der Inder erst ein einziges Mal im *Eckstein* gewesen ist, doch er und Marie sind sich heute schon das dritte Mal auf einer Party begegnet, und zum dritten Mal stellen sie fest, dass sie beide eher zufällig auf die jeweiligen Veranstaltungen gelangt sind; beide kennen auch hier weder Katharina noch Fabian und sind von jemandem mitgenommen worden. Marie und der Inder müssen lachen, als sie von diesem Zufall sprechen, und weil der Inder in sie verliebt ist, lacht er noch viel lauter als Marie; dann erzählt er ihr eine weitere Zufallsgeschichte, die ihm bei der Gelegenheit einfällt und die er kürzlich in einem Buch von C. G. Jung gelesen hat. Er erzählt sie so laut, dass auch die Umstehenden mithören: Ein gewisser Monsieur Deschamps erhielt als kleiner Junge von einem Monsieur de Fontgibu einen Plumpudding. Einige Jahre danach bestellte jener Monsieur Deschamps in einem Restaurant in Paris einen Plumpudding, doch angeblich ist der letzte eben erst bestellt worden, und zwar von keinem anderen als von Monsieur de Fontgibu, wie sich herausstellt. Einige Jahre später wird Monsieur Deschamps zu einer Party eingeladen, auf der Plumpuddings serviert werden, und scherzend bemerkt er, dass eigentlich nur noch Monsieur de Fontgibu in der Runde fehlt. Keine Minute später öffnet sich die Tür und besagter Monsieur de Fontgibu tritt herein: Er ist rein zufällig in dieses Haus geraten, denn er hat sich in der Adresse geirrt!

Die Geschichte ist ein voller Erfolg. Marie lacht laut und auch ein paar der Gäste, die mitgehört haben, grinsen. Am lautesten aber lacht der Inder, der sicherheitshalber seinen Teller vorher abgestellt hat. Während er lacht, schaut er kurz zu mir herüber, mit einem Blick, der mir jetzt zu sagen scheint: *Wie du siehst, weiß ich die Frau glänzend zu unterhalten, du kannst dich also bitte schön anderen Dingen widmen!*

Ich grinse ihn an, lasse die beiden allein, nehme mir ein Bier und wandere durch die Räume –

irgendwo müssen Fabian und Katharina ja stecken!

Wie viele Menschen in diese Wohnung passen! Das Partyvölkchen ist ziemlich bunt gemischt: Junge und Alte, Schwarze und Weiße, Franzosen, Amerikaner, Italiener und Deutsche stehen hier herum und lachen und trinken und essen. Ich kann mich nur wundern, wie schnell Fabian und Katharina das alles organisiert haben.

Einige von ihnen kenne ich, da ich mit Fabian schon öfter auf Partys und Präsentationen von Werbeagenturen war, und ich erkenne hier das eine oder andere Gesicht wieder. Ich habe den Eindruck, dass die ganze Partygesellschaft zusammengehört und auf irgendeine Weise miteinander verbunden ist, wie eine große Familie, obwohl sie doch auch alle sehr unterschiedlich sind. Und obwohl alle gleichzeitig zu reden scheinen, ist überall eine eigenartige Ruhe und Gelassenheit zu spüren.

Na, bitte – da ist Fabian. Er kommt auf mich zu und umarmt mich. Katharina ruft uns beiden etwas zu; sie steht mit drei Frauen am Fenster und winkt. Fabian zieht mich durch das Gedränge zu den Frauen und stellt mich vor. Die Frauen sind

Sopranistinnen an der Deutschen Oper. »Sie singen nachher ein Stück aus Webers *Freischütz*«, meint Katharina stolz. Und auch Fabian habe eine Überraschung für die Gäste; mehr aber wolle sie noch nicht verraten.

Ich trinke inzwischen mein drittes Glas Weißwein. Mir ist angenehm leicht, und ich schwebe ein bisschen durch die Räume. Marie sehe ich neben dem Inder auf einer Couch sitzen, sie winkt mir zu und ich lächele zurück.

In einem der Zimmer wird getanzt; ich stehe in der Tür und sehe ihnen zu, bis eine Frau mich auffordert, mitzutanzen. Ich gehe zu ihr und erkenne eine der Sopranistinnen wieder, die vorhin bei Katharina standen.

Die Frau riecht fabelhaft, ihr Dekolleté ist prächtig, und ich weiche nicht von ihrer Seite. Zwischendurch taucht Fabian einmal auf, schlingt von hinten seine Arme um sie und tanzt eine Weile mit ihr. Auch Katharina ist auf einmal da, Fabian lässt die Sängerin schnell wieder los und geht mit Katharina hinaus.

Irgendwann wird die Musik abgestellt, Fabian bittet die Leute, in das große Zimmer zu kommen: Wie schon auf den letzten Partys hat er eine kleine Show vorbereitet. Einer der Gäste führt ein paar Zaubertricks vor, ein anderer spielt auf einer

Ziehharmonika und eine Frau singt dazu französische Chansons. Dann erscheinen die drei Sopranistinnen und geben wie angekündigt eine Kostprobe aus Webers *Freischütz*.

Ich erschrecke, als anschließend Marie vor die Gäste tritt. Sie hat ein kleines Buch in der Hand und stellt sich hinter einen Stuhl. Dann liest sie ein Gedicht vor; kein eigenes, sondern Verse von Georg Trakl.

Woher kenne ich das bloß? Dann fällt es mir ein: Es ist das einzige Gedicht, das Nina auswendig weiß; sie hat es mir an dem Abend, als wir uns auf der Dichterlesung kennen lernten, aufgesagt. Über Georg Trakl weiß sie alles.

Als ich Marie am Büfett stehen sehe, gehe ich zu ihr und frage, weshalb sie ausgerechnet ein Gedicht von Trakl vorgelesen habe. »Trakl«, sagt sie, »ist einer der wenigen Dichter, denen man glauben kann, was sie schreiben.«

Dann wird es dunkel, und ein Film wird gezeigt; es ist ein neuer Werbespot, den Fabians Agentur gemacht hat: Ein Mann sitzt in einem Bassin, überall um ihn sieht man unentwegt Blasen aufsteigen – offenbar sitzt er also in einem Whirlpool. Dann aber kommt seine Frau, stellt ihm ein Glas Wasser hin, wirft eine Tablette hinein, und er trinkt es aus. Im nächsten Moment hören die Blasen auf, und das Produkt wird präsentiert: Es ist ein Mittel gegen Blähungen!

Das Gelächter ist groß, Fabian schaltet das Licht wieder an, verbeugt sich zum Spaß, und Katharina gibt ihm stolz einen Kuss.

Ich gehe auf den Balkon, von drinnen hört man schon wieder die Sopranistinnen singen, und ich sehe Fabian und Katharina im großen Zimmer stehen.

Im Nachthimmel fliegt ein Flugzeug über die Stadt.

Nina und Georg Trakl.

Wohin mag dieses Flugzeug am Himmel fliegen?

Auf einem Flug von Frankfurt nach Hamburg vor drei Monaten sind Nina und ich in eine Schlechtwetterzone geraten, die Maschine hat gerumpelt und immer wieder an Höhe verloren, und wir haben beide aus dem Fenster eine fernes Gewitter beobachtet. Nina nahm dann meine Hand – *ich* war ihr Beschützer. Nie zuvor habe ich mich ihr so nah gefühlt wie während dieses Fluges.

Als ich mit Nina in diesem rüttelnden und schaukelnden Flugzeug saß, da war plötzlich alles möglich für mich. Während des Fluges, als es donnerte und blitzte und als die Maschine einmal sogar für einen kurzen Moment Schlagseite bekam, da war ich glücklich wie lange nicht mehr. Da konnte ich mir eine Zukunft mit ihr vorstellen, nicht bloß ein Leben von Tag zu Tag; ich habe erkannt, dass ich mit ihr zusammen leben will, eine tatsächliche Daseinsmöglichkeit. Wie lang hatte ich die nicht mehr gehabt?

Habe ich die denn überhaupt je besessen?

War nicht auch das Zusammenleben mit Isabell ein stetiges Von-jetzt-auf-gleich, von heute auf morgen, ohne Idee, wie es auf Dauer funktionieren könnte, immer wie mit angehaltenem Atem?

Das alles kam mir in dem schwankenden Flugzeug in den Sinn, daran dachte ich, als ich vorbei an Nina aus dem Fenster der Maschine ins Gewitter blickte, fasziniert, als sähe ich so etwas zum ersten Mal. Im Flugzeug, im Unwetter, da war alles möglich. Zehn Kilometer über der Erde, um uns herum das Gewitter und Toben und Brausen.

Ich stehe noch immer auf dem Balkon und sehe Fabian aus dem Wohnzimmer winken. Im nächsten Augenblick habe ich eine Entscheidung getroffen.

Fabian und Katharina warten da drinnen auf mich.

Nina wartet auf mich.

Achtzehn

Das also ist die Geschichte, und sie liegt inzwischen fast ein Jahr zurück. Allerdings gilt es noch etwas nachzutragen:

Krohns, die Nachbarn, haben sich kurz nach Silvester scheiden lassen. Florian, der Briefeschreiber, war der Grund, denn Florian hatte sich gar nicht auf Nina gefreut, sondern auf Frau Krohn! Seine verliebten Zeilen waren irrtümlich in unserem Briefkasten gelandet, Nina hatte den Brief dann versehentlich geöffnet, ihn in die Schublade gesteckt und vergessen, ihn Frau Krohn in einem unbeobachteten Moment zuzustecken. Stattdessen hatte ich ihn entdeckt und mir den falschen Reim darauf gemacht.

Fabian und Katharina haben im Frühjahr dieses Jahres geheiratet und sind aber noch immer nicht zusammengezogen. Dafür hat Fabian sich inzwischen eine neue Jacke gekauft.

Nina und ich sind im April dieses Jahres umgezogen, wir haben jetzt eine viel größere Wohnung und eine neue Katze.

Marie und der Inder haben sich Weihnachten verlobt.

Heute früh haben sie das Lied im Radio gespielt, das Lied, das mich immer an Isabell erinnert und das ich gehört hatte, als ich damals mit dem Umzugswagen zu meiner neuen Wohnung gefahren war. Damals hatte ich anhalten müssen, weil ich das Lied nicht ertragen konnte. Heute bin ich aufgestanden und habe das Radio lauter gedreht.

William Sutcliffe

Meine Freundin, der Guru und ich

»Der Hit aus Großbritannien!«
Süddeutsche Zeitung

Dave hat noch ein Jahr, bevor er sich an der Uni einschreiben muss: Was tun? Eigentlich würde er gerne zu Hause der schönen Liz näher kommen – aber Liz will als Rucksack-Reisende nach Indien. Auch gut, denkt sich Dave, und findet sich kurze Zeit später im hässlichsten Hotel von Delhi wieder. In einem Einzelbett. Alleine! Und als ob das nicht schlimm genug wäre, stößt er auch noch auf eine Horde durchgeknallter Karma-Freaks …

»Sutcliffe produziert eine erfrischend muntere, trocken komische Prosa. Ebenso atmosphärisch stimmig wie dicht schildert er in dieser rotzigen Satire die Zwänge der vorgeblich coolen Teens und Twentysomethings.«
Der Spiegel

Hugh Brune
Fette Beats

»Dann kommt die Melodie zurück,
noch lauter als vorher, und der Beat ist
wie ein Pulsschlag deiner Seele!«

Nur eins liebt John Santini, der in London in einem kleinen Friseursalon arbeitet, mehr als seine Comics – den Kick der *Saturday Night*, wenn er mit seinem Freund durch die Clubs zieht und sich bis in die frühen Morgenstunden den Frust von der Seele tanzt. Doch dann verliebt er sich – und alles wird anders …

»Ein unbestreitbar mitreißendes Lesevergnügen!«
The Times

Andreas Merkel
Große Ferien

Die kurze Geschichte
eines langen Sommers!

Leo Zoraster, genannt Zorro, ist siebzehn Jahre alt und hat ein großes Problem: Er ist verliebt. Verliebt in Sara. Sara ist so wunderbar, dass man sie nur einmal ansehen muss, um gleich Kopf, Herz und Verstand zu verlieren. Aber sie ist mit einem anderen zusammen, und Zorro, der Fußballspieler, Biertrinker und Nachdenker, hat keine Chance. Das ist ungefähr der Stand der Dinge, als die großen Ferien beginnen …